義Yoshi

いつか、きっと

JN186339

東京図書出版

家族をはじめ、
救いの手を伸ばしてくれた数多くの人々に、
周囲の木々に、得体の知れない力に捧げる

まえがき

「生き甲斐を求めて日本を出た」なんて言ったら真っ赤な嘘になる。そもそも「生き甲斐」なんて考えてみたことも探してみたこともなく、ただ漫然と惰性で生きていた。そんな人生に多少嫌気がさしていた、と言った方が当たっているかもしれない。
しかし、どんな国を旅しようと、いかなる環境に住もうと何も変わらなかった。一時は目的と思えたギターに没頭したが挫折し、再び漫然と惰性で生きる私に戻った。
その場その場を必死に生きているように思えても、何もならなかったら何もしないのと同じだ。「ならば何もしないで生きよう」と思ったわけではないが、何もしない日々を随分と長い間過ごした。一見自由そうなそれらの日々は「あてなき旅」と同様、真に自由だと感じることはできない。

何が私を全く「あてのない旅」に駆り立てたのだろうか。

日本を出てから二十数年も経って、諦めたはずのギターに再びのめり込んでいった。それは孤独な、「座ったままのひとり旅」の始まりとなる。この「絶望への旅」はやがて自らの意志を離れ、逃げ場のない狭い空間に閉じ込められ、息も絶え絶えになってゆく。

「いかに生きるか」どころか、「生き延びるため」だけの旅。

「なぜ生きてきたのか」、自らを省みることで何かが分かるかもしれない。

だが、本書に綴った私の過去は何も教えてくれなかった。喜び、愉しみを味わい、悲しみ、苦しみを耐え抜いた過去は、ただその瞬間を生きたという記録にすぎなかった。

次第に虚しさが色濃くなってゆく記録の果てに見たものは……


日常生活はほとんど無意識に営まれる。その無意識の言動はやはり積み重ねた過去の産物だ。未来に目標を定めればそれが足かせとなって日常の言動を圧迫する。

この息苦しさ、生き苦しさから逃れるには、過去も未来も忘れ、言動を制御する無意識の領域に、ほんのちょっとポジティーブな「今」を吹き込むだけでいいのだ！


……だが、この闇に閉ざされた心で……どうしたら「そうできる」のだろうか……

こうして私は……再び思索のラビリンスへと迷い込む……

いつか、きっと——目次

あてなき旅

また夏が過ぎた。何ひとつ変わらず冬が来る。

枯れ木に花を咲かすことはできないのだろうか。

来る日も来る日もギターを抱えている。それ以外は何もできなくなっている。精神に異常をきたしたのだろうか。朝から晩までギターを抱えている。曲を弾くでもなく、ただひとつの音を繰り返している。何千回も、何万回も……


「おかしくなった」などとは一度も思ったことはないが、異常者は決して自分を異常だとは思っていないことを考えると、自分は「おかしくない」と言い切れなくなる。自分がやりたいことをしているのだから、異常であろうとなかろうとどうでもいいのだが、他人はともかく、家族の誰からも理解されず、理解を求めることすらできず、隠れるようにギターを抱える毎日はやはり「おかしい」と言うべきものだろうか。

誰かの帰宅を告げるブザーが鳴った。アパートのどこにいようとも聞こえるけたたましい音。冬の夜は訪れが早い。妻が末娘を連れて帰って来た。あわててギターをケースにしまい、入り口のドアの鍵を開ける。そして……　ソファに倒れこむ。

家に居ながら、家のことすら何もしない私に対する妻のモンクが聞こえてくる。ソファに横たわって初めて、自分の体が二度と動けないほど疲れ切っているのに気がつく。

どうしてゴロンとしているのか説明しても意味がない。いつになったら説明できるのか見当もつかない。

生涯怠け者と罵られて果てるかもしれない

まどろみの中に妻の苛立ちの声が遠のいてゆく

何故、こんなことになったのか……

どうして……

旅立ちは悲劇とともに

一九七三年二月十四日、私はソ連（現ロシア）の客船ジェルジンスキー号の船上にいた。義理チョコすらもらったことのない私に見送り人がいなくても不思議はない。ただ、普通の日とちょっと違うバレンタインデーということで、この日付を忘れないのには便利だ。

甲板と桟橋の間には色とりどりのテープが無数に飛び交っている。

ヘルシンキまでの片道切符を手に、私は二度と見ることがないかもしれない日本を眺めることもなく船室に入った。小さな丸窓から冷たい冬の光が差し込み、全財産が詰めこまれたリュックサックを照らし出している。それにギターが一丁。それがすべてだった。

丸く切り取られた青空が
見上げた目に焼きついた。
自由に飛びまわる空にしては小さすぎる。

無限の自由を手にしたはずなのに……
何ら束縛のなくなった今、
完全な自由を満喫するはずだったのに……
何もかも捨て去ったつもりだったが、
何も変わっていないような気がする。

不満なき日々

ほんの二週間前まで、私は某大企業の山間《やまあい》にある小さな研究所に通っていた。仕事に不満はなかった。自然に囲まれた環境が心地よかった。出勤に背広を着なくていいのが嬉しかった。入社したての十日間ばかり、新入社員教育期間とかで東京は丸の内の本社に通った。背広姿に、あの世界に名立たるラッシュアワー。十日間だから耐えられた。

山間の研究所はちんまりと健やかだった。小鳥のさえずり、小川のささやきが快かった。海のないのがちょっぴり寂しかった。

不満がなければ即満足といえないことに気がついた。思えばそれまでの人生も不満ではなかったが、何かが足りない気がした。高校、大学と、時が経てば何もしなくても自動的に状況が変わる。しかし、就職し、いわゆる社会人となってはそうはいかない。ひょっとしたら生涯このままでは……

無意識に流れてきた人生に不満……というよりも不安になった。

なぜ電気工学を選んだのか分からない。学生時代もあまり勉強した覚えはない。セーリングをしていたことしか覚えていない。四年生も初夏の頃だったろうか、「関東学生ヨット選手権大会」出場のため欠席届けを提出しに行ったら、主任教授は顔をしかめて言った。

「ヨットもいいけどね……　君以外はもうみんな就職決まってるんだよ」

そう言いながら会社を二、三紹介してくれた。

——シュウショクゥ〜〜ッ！

寝耳に水だった。「青田買い」のご時勢に何をのんびりしているのか、ということ。

——永遠に学生、というわけにはいかないか……

面接試験日が大会直後の会社が目に入った。場所は東京。地方からわざわざ出かけるのは面倒だが、どうせ大会の帰り道だということで受けることにした。

そういう成りゆきはもちろん、面接では黙っていた。面接後、コンピューターが判断すると銘打った「性格判断テスト」なるものがあった。

――機械が人間様を判断するとは生意気な！　と、思い切りデタラメに○×をつけた。私の性格は「極めて独創的」と判断されて就職先が決まった。自分が一体何をしたいのか分からないのではなく、考えてみたこともない奴が（技術者として）「独創的な性格」をしているわけがない。所詮コンピューターは、プログラムに従って0か1かの判断をするだけ。要するに、プログラマーが最初で最後の就職試験に、何かのついでに立ち寄るなんていいかげんな奴を前提にプログラミングできなかった、ということ。しかし、デタラメを「独創的」と言いかえることこそ正に独創的と言えないだろうか。採用された私はただ「背広姿で出勤！」なんてことを考えたくもなかっただけだ。

私は普段着で、新鮮な空気を吸いながら独身寮のオバチャンが作ってくれる弁当を持って、緑に囲まれた坂道をタッタッタッタッと駆け下りて出勤していた。高校時代同様……遅刻常習犯！　理想的だった。

高校時代の友人Nは大都会でコンピューター関係の会社に勤めていた。一年ぐらいして彼は日本から消えた。私も一緒に消えるはずだったが、居心地が良かったせいか、先立つものが貯まらなかったせいか……　引きとめる娘《こ》ナンテひとりもいないのに……辞められなかった。

七二年の夏、ボーナスが出た後辞表を出すつもりでいたが、ボーナスが出る前日、上司から三、四ヶ月間あまりの北海道出張を命ぜられた。

学生時代、ヨットの合宿の合間によく旅に出た。テントを担いでひとり旅、南は九州南端まで行った。しかし、北の方は行ったことがなかった。それがいきなり、北海道！　その上、何ヶ月も！　テントならぬ旅館住まい！　出張手当付き給料丸残り！

かくして辞表提出は翌年に持ち越され、真夏に予定した旅立ちが真冬になる。

大雪山

北海道での仕事が終えるやいなや、皆さっさと来たところへ戻って行った。

誰にも告げず私はひとり、冬の北海道を旅した。『知床旅情』か『網走番外地』を口ずさんでいたかは覚えていないが、やがて始まる果てしなき旅の序曲にふさわしかった。

最後は大雪山の懐に逗留してスキーをした。故郷は雪国だが、ちょっとでも埋まったらビクとも動けない重い雪。一度でいいから膝まで埋まって斜面にシュプールを描きたかった。大雪山の雪は軽く、スキーの板を雪面に軽く叩きつけるだけで粉雪は舞い上がる。夢は叶った。斜面にシュプール（らしきもの）を描くことができた。

澄み切った青空に誘われて、リフトの終点からスキーを担いでひとり頂上に向かう。山肌も尾根も雪が積もっているというよりも叩きつけられたように固く、歩きやすい。それが、天候の荒々しさを物語っていることには思い至らなかった。

ポカポカと暖かい陽射しを浴びて頂上に腰を下ろし、退社後のことを考えたが無意味だった。辞職する理由もはっきりせず、今後の計画もない状況で何を考えたらいいのか分からない。眼下に広がる白銀の世界は眩しいばかりに輝くだけで、何も見せてはくれない。

私が登って来たのとは反対側から、重装備をした山男がこれまたひとりで登って来た。お互い自然と孤独を愛する者同士、にこやかに挨拶を交わそうとしたが近くに来るなりガタガタと文句を言われる。

「そんな恰好でこんなとこまで来る奴がいるか！　自殺でもする気か！」

スキーズボンにセーターのみ、ヤッケすら着ていなかった私に返す言葉がない。

「まあ、これでも食えや」と山男はミカンをくれた。手袋を取って皮を剝こうとしたら、また怒られる。

「指を切り落とされたいのか！」

――チョットこのオッサン慎重すぎィー、ポカポカしてるのに……

無知無謀の危険性を悟ったが、もう後戻りはできない。人生とはそういうものだ。

格好良く一気に滑り降りるつもりで頂上をとび出したが、最初の十数メートルはアイスバーンの急斜面、エッジがたたず激しく横滑り！　転げ落ちないようにするのがやっと、足の筋肉すべてがズタズタに引き裂かれたように痛んだ。数十秒の出来事だったが、後はしばらく立っていることもできなかった。（ゼーーンゼン悟ってなんかいない……）休息後、ヨタヨタと山を下りる。ふと気がつくと、空は一面雲が広がり、雪がちらつき始め、「ヤバイ！」と思ったがサッと滑り降りることはできない。幸い風がでてきたのは下山してからだった。

どう来たかは覚えていないが、帰りは苫小牧から船に乗って北海道を離れた。徐々に遠ざかって行く北海道、二度と来ることはないだろう。船旅の終わりが近づくにつれ水平線が赤く染まり、ユラユラと夕日が沈んでゆく……何故か、生まれて初めて夕日を見たような気がする。そしてそれは、日本で見る最後の夕日かもしれない。

脱サラ

年明け早々辞表を出した。北海道出張後の長期無断欠勤を、黙って有給休暇にしてくれていた上司は何も言わずに受け取った。先刻承知という態度。煩かったのは本社の人事、「東京出張の際、絶対出頭せよ」とのこと。

入社時と違い、背広姿にもかかわらず軽やかな足取りで丸の内のビル街へ赴く。

当然のことながら何故辞めるのか、職場を換えたらどうかと食い下がられる。職場に不満は微塵もないことを強調し、実はスペインへ行ってフラメンコギターの勉強がしたく、もう学校も決まっている、と口から出まかせを言った。言いながら実際、そんな学校があるなら入ってみたいなあ、とも思った。最後には「頑張って下さい」と励ましの言葉まで頂いて落着。

一九七三年一月三十一日附けで退社、同僚に別れを告げた。大半は羨ましがってはくれたが、私は仕事を続けられる彼らが羨ましかった。

「あてのない旅」が真剣に生きてこなかったこれまでの人生を根本的に変えるとは思えない。目指すものがあってこそ真剣に生きられるだろうに、「あてがない」ではホントにホントどうしようもない。

冷たい冬の太陽を浴びた山間の村がどんどん遠のいてゆく

ガタゴト揺れる電車にはポツンと私がひとり乗っているだけ

これから先、踏み出す一歩一歩に何の保障もない

窓外にはのどかな田園が広がり……

……あまりにものどかすぎる
これから先どんな風景が待ちうけているのか
楽しみと不安が混沌と同居している

両親が二人きりで住む田舎に一週間ぐらいいた（かな）。何も話すことがない。ヨーロッパでいい仕事を見つけたから会社を辞めてきた、と告げただけ。（また口から出まかせ！）

戦後の物資難を乗り越え、子供に学歴と不足のない将来をと頑張ってきた親には「青天の霹靂」だったに違いない。二人とも何も言わない。ひと言も……　沈黙が落胆の大きさを物語っていた。

これまでも自分のやることは、親にも、だれにも相談することはなかった。私の体が弱かった幼児期に母は大切な着物を売って薬代にし、父は子供が学校へ通うのに便利なようにと山奥の村から町へ引っ越し、自分は雪深い山奥の職場に何時間もかけて通った。そんなこともすっかり忘れて私は、親に迷惑をかけた覚えはないと思いあがっていた。だが、この、子に裏切られた親の沈黙は、自分がいかに親不孝者であるかをジリジリと突きつけてくる。

家を出てから横浜港まで、どこをどううろついていたかは覚えていない。

確かこの時だったと思うが、脱サラの大先輩を訪ねた。彼の家の庭にある、木造の倉庫に一歩足を踏み入れて唖然とした。そこは物置ではなく、図書館というべきもの。旅の日記代わりという彼の描いたスケッチの数々、音楽への深い造詣。そしてその時、彼は医学書の翻訳をしていた。内心大きく動揺した。脱サラというのは他にしたいことがあるからするもので、「あてのない旅」を理由にするには相当の無理がある。現に問われれば（問われなくても）その都度口から出まかせを言っている。

では私の脱サラとは一体何なのだ。

読書による知識も、技術者としての経験も、人生に対する思索も、世事に対する批判も、私にはすべてが欠けている。信念と才能に満ちた脱サラ氏に会って、私の脱サラは旅立つ前にすでにボロボロになっていた。それでも脱サラを後悔していないことだけははっきりしている。サラリーマンを続けていても、いずれボロボロになるような気がしていたからに違いない。同じボロボロになって倒れるなら、何万分の一でも立ちあがれる可能性（？）のある方を選んだだけだ。

すべてを捨てて船上の人となった今、踏み出す一歩一歩を自由に選択できるのだ。いや、選択せねばならないのだ。

エスカレーターに突っ立っているだけの人生は終りだ。

船出

船は一時間遅れて出港した。私が物思いにふけっていたせいではない。日本での公演を終え、モスクワへ帰るために乗船していたバレエ団の一員、うら若きバレリーナが見送り人のテープを受け取ろうとデッキから乗り出し、コンクリートの桟橋に転落、病院に運ばれたという。

こうして私の旅は……行く先を暗示するかのごとく……悲劇とともに始まった。

銀色に輝く球状のタンク群が水平線に沈み、日本は私の視界から消えた。それと共に私の過去も消え、あるのは未来だけ！　愚かにも、過去のない男に未来などあるはずがないとはユメユメ思わなかった。津軽海峡は闇の中を通り抜け、（いや、寝ていたせいか）北海道は見えなかった……

ナホトカからハバロフスクへは列車、どんな列車でどんな人々が乗っていたか覚えてはいない。ただ薄暗くて寒かったような気がするだけ。

ハバロフスクは吹雪でモスクワへの飛行機は飛べず、一晩中空港で待たされた。天井がとても高いためか、照明がほとんどないためか、待合場の頭上は暗闇だった。

ぼんやりと浮かぶ石畳の床
バレエ団の人々が三々五々肩を寄せ合い
静かに歩き回る
ボソボソと低く囁きあう声が……
単調なリズムの靴音が……
頭上の闇に吸いこまれ
あのバレリーナは死んでしまったと感じた

翌日は真っ青な空に太陽が眩しく輝き、モスクワに向けてプロペラ機は飛んだ。

静かに死を誘う頭上の闇
冷たく生を拒絶する眼下の氷原
正にあてなき旅立ちへの讃歌……

地下深く吸い込まれてゆく、エスカレーター上の私しか思い出せないモスクワの風景。
そして、片道切符の終着駅ヘルシンキに着いた。

北欧からロンドンへ

北欧の第一夜はロウソクの灯りが揺らめくレストランで夕食。そして、薄明かりの中に現れた金髪女性が、片言の日本語で真夜中の再会を約束して消えた。既に無知無謀を自覚した私に断る理由はない。ロマン小説の主人公にでもなったような浮かれた気分……

安ペンションの固いベッドでふと目が覚めた。もうそろそろ約束の時間……　しかし、思いもよらぬ高熱で頭がクラクラし、起きれない。

――何たる不運！　と悔やんだが、

――まだ日本を出て来たばかり、こんなとこでひっかかってはあかん！

と考え直し、明日の回復を祈って寝るしかなかった。

翌朝は「ケロッ」として目が覚めた。昨夜の高熱は一体……


現実は小説のようにはいかないものさ！

ヘルシンキからストックホルムへは船、氷を割りながら！　とんでもないところへ来てしまった、とは思わない。どうせフツーでない生活を始めてしまった今、こんなことに驚いてはいられない。これからどんな極端なことが待ち受けているか、楽しみにしなければやってられない。とりあえず、一足先に日本を出たNのいるロンドンへ向かった。

コペンハーゲン、ハンブルグ、アムステルダムと通ったはずだけど、ほとんど何も覚えていない。コペンのユースでオーストラリアの英語に出会った。「ワン　ダイ　……　スタイション」を「ワン　デイ　……　ステーション」と理解するのに少々時間がかかった。これが唯一、はっきりと覚えていること。

青空が広がっている真冬の北欧、零下間違いなしというのに、半袖半ズボン（！）で愛車の整備をしている人、石畳の広場にたむろする長髪の若者達、どんな町でも必ずある教会の尖塔、鳩が飛び交う石造りの街……　どうでもいいことがチラーッと浮かぶだけ。建築物、歴史……興味がないというより知識がなかった。カラッポの頭では何を見ても意味がない。趣味で少々フラメンコギターを弾いていたせいか、ボンヤリとスペインを目指していたことは確かだ。ボンヤリとした確かさとはよく分からないが、とにかく移動するのみ。

ロンドンにどれだけいたかは定かでないが、Nのアパートに居候し、何するでもなくウロウロしていた。アパートのシャワーはコインを入れないとお湯が出ない。家主のケチぶりに感心する。食事は近くの中華料理のテイクアウェイをよく利用した。夜は入場無料のライブが聴けるパブへ行った。どんな音楽を聴いたか覚えていないが、黒塗りの、木組みがむきだしの屋根裏からステージを見下ろしていたことは不思議と記憶にある。その雰囲気が印象的だったに違いない。そしてこのロンドンで「あてのない旅」はますますその「あてのなさ」を深めることになる。

車でアフリカを縦断し、ケープタウンを目指すという二人の若い日本人に出会った。車はVWのワーゲンバス。前部は運転席を含めて三人乗れ、後部は、上はベッド、下は物置に使えるようにしっかりした板で仕切られている。暖かくなったら北欧へ行くというNに別れを告げ、アフリカ行きに参入した。アフリカといえば何といってもサハラ砂漠、一度は行ってみたいと夢見たところだ。

壮大な砂漠の旅！　無知無謀は私だけではなかった。

知り合いから要らなくなった衣類、雑貨などを集め、食料（インスタントラーメン）を買い込み、ロンドンを後にした。ドーバー海峡をカーフェリーで渡り、イギリスの白い壁が次第に遠のいてゆく。

一度消えた景色は二度と現れない。それがあてなき旅……

夢のアンダルシア

「ボンジュール　マドモワゼル！」花の都パリは、かの有名なエッフェル塔を目前に見上げる公園で野宿。ある朝早く車をノックする者がいる。お巡りさん！

「キミタチィ！　コンナトコロデ寝泊リシタラアカンナァー」

とか言っているのは察しがついたが、一言も分からない。仕方がないのでジャパニーズスマイルを絶やさず「メルシィ　ボクゥ」を連発した。（立ち退きを要求されて「ドウモ　アリガトウ」はないだろ！）お巡りさんはニコニコと頭を振りながら退散、機動隊でも連れて来ないうちにと、こちらもパリ退散となる。

ビスケー湾を右手に見ながらフランスとスペインの国境を越える。それまでの小綺麗だった街並みが急に薄汚れて見えた。行けども行けども乾ききった石ころだらけの大地が続く。それでも私にとって「遂にスペインへ来たか……」と、微妙な喜び。

マドリッドも大きな公園で野宿をした。お巡りさんは来なかったがハッシッシを売りに来る奴がいた。

――そんなのに出す金があったら、フラメンコ酒場ででも一杯やりたいわい！

昼間はいくつか観光名所を見て回った。我が身と重なったわけでもあるまいが、ドン・キホーテとサンチョ・パンサの像がしきりと思い浮かぶ。

グラナダに乗り込んだのは陽が沈んで間もない頃。丁度お祭りだったのか、ナント、フラメンコの衣装で着飾った人々が街灯の明かりの中に溢れ、今にもカスタネットを打ち鳴らし、ギターを掻き鳴らし、踊りだしそうな雰囲気に胸が震える。我々も踊りだしそうな足取りで街に繰り出す。飲み屋をのぞけば客のひとりが、例のしわがれ声で謡《うた》いだす。他の客が手拍子を打つ。正にここはアンダルシア、夢に描いていたスペインだった。

他の二人は知らないが、私はアフリカを目指して旅している途中であることを忘れて、目的地に着いたような気がしていた。

夜中過ぎまで飲んだくれて、いざ愛車に帰ろうとしたとき、どこに駐車したか誰も分からない。陽気に練り歩いた袋小路の街並みが急に恨めしくなった。次第に酔いも覚め、血の気も引いていく。我らが愛するポンコツ車に再会した時は、すでに東の空が明るくなっていた。

マラガは、潮の香りを運んでくるそよ風に吹かれ、散歩した並木道が印象的だ。

三十二年後に、この私(!)が、自分の家族を引き連れてこの並木道を散歩しようとは……

——潮の香りは相変わらずなのに……　カランバ(シンジラレナーーィ)!

灼熱地獄を行く

五月五日、一面白波の立つジブラルタル海峡をカーフェリーで渡った。

「今日は子供の日か」と思ったおかげでアフリカ上陸の記念すべき日が記憶される。

村、そして丘の上の家

夕方、モロッコのとある村に着いた。小さな子供から若者まで、ワッとばかり人だかりに囲まれる。車に一人残して、私ともう一人が村を見て回ることにした。百メートル足らずの道の両側には小さな店が結構並んでいる。村の若者が一人、案内をしてくれるとついて来た。案内が必要だとは思わなかったが、わざわざ追い払う必要もなかろう。

数年カナダに留学していて、今丁度帰って来たところだという。何語かよく分からないような英語で、何故か無理して我々を安心させようとしているような気がした。だが、その夜、村の若者の結婚パーティーが盛大に行なわれるから是非来るよう招待されたときには、ふと感じた懸念などすっかり忘れてしまっていた。アフリカに上陸するなり何とラッキーなことかと勇んで車に戻り、居残りだった仲間を交えてその夜の宴を楽しみにお喋りをしていた……　が間もなく人だかりの中に、真剣な顔で一生懸命頭を左右に振っている五、六歳くらいの子供に気がついた。我々は思わず顔を見合わせ、

――先を急ぐので！　と、逃げるようにアクセルを踏んだ。

ふと振り返って見たら、人だかりの中に若者にぶん殴られる先ほどの子供が眼に映った……ヘッドライトに浮かぶ白い道は数メートル先で闇に吸い込まれ、他は何も見えない。行けども行けどもひたすら底なしの闇に呑み込まれるだけ。

抜けるような青空に朝日が輝き、小鳥のさえずりに目を覚ます。緩やかな丘が延々と打ち続き、ただ道路だけがまっすぐ伸び、我々はその路肩に駐車していた。

また若者が現れ、向こうの丘の上に見えるのが自分の家で、遊びに来いと指さす。見渡す限り家はその一軒しかない。昨日のこともあるので「どうしたもんか」と相談したが、真昼間だし、断ってばかりいたら旅の面白さもなくなってしまうと、若者を車に乗せて丘を登った。

若者の兄弟姉妹と思われる子供達が数人、ワァーッと走ってきて迎えてくれた。家の周りは家畜の糞の臭いで息が詰まりそうだったが、全ては慣れであり時間が解決してくれる。家の中では若者の母親が粉をこねて何かをつくっている。どんな料理でどんな味がしたかは

忘れてしまったが、粉をこねている恰幅のいい母親のやさしい姿は時々浮かんでくる。

「今こんなのを勉強しているのさ」

若者は教科書を数冊持ってきて見せるがアラビア語で全然分からない。

食後は外で子供達や家畜と一緒に遊ぶ。見知らぬ土地で見知らぬ人々と束の間の交遊、これが旅の面白さか。

二十キロばかり離れた町で寄宿舎生活をしているという若者は、週末で家に帰って来ていたのだ。明日は月曜日、夕方、若者を乗せて寄宿舎のある町に向けて走った。

いつもはヒッチハイクだそうだ。

別世界

ロンドンを出てからの食事はほとんど自炊で、レストランなンぞは特別の日しか入らない。ナンセ、いつ終るとも知れない旅が続いているのだ。

アフリカへ上陸してからの食費は極めて安くなった。大きな町にはたいてい露天のマーケットがあり、野菜や果物を売る二、三メートル四方の小さな店が所狭しと並んでいる。我々はロンドンでかき集めてきた衣類や雑貨を野菜や果物と交換した。

集めた衣類の中に、誰が誰から手に入れたかは不明だがスケスケの赤いネグリジェがあった。ある店のオヤジがいきなりそのネグリジェをひったくったかと思うや、尻の下にひいて野菜をひと山我々によこそうとする。そこへ隣りの店のオヤジが、

「もっとたくさんやるからそれを俺によこせ！」

と割り込んできた。オヤジどうしが激しい口論となる。殴りあいになる前にと我々は早々にその場を離れたから、どっちのオヤジが真っ赤なネグリジェを家に持ち帰ったかは知らない。


困ったことといえば車の駐めるところ、まさか、場所がない訳ではない。どこの町でも停車するなり子供達がワァーッとたかってくる。我らがポンコツ車のバンパーにのぼって車を揺すったり、泥だらけの手を窓にべっとりつけ中を覗きこむ。

――これはかなわん！　と逃げる車に向けて石を投げる奴もいる。

町外れか、小綺麗な住宅街を見つけるしかなかった。子供達が来ることは来るが、ポツリポツリで乱暴な子はいない。外国に興味のある若者なんか、毎晩来ては夜遅くまで話しこんだりもした。


モロッコのラバトでは、崩れかけた城壁のような塀を通り抜けたらそこは別世界、緑に包まれた静かな高級住宅地、外交官などの外国人しか住んでいない区域で、我々の車が急にみすぼ

らしく思えた。時折パトカーが見まわりに来るが、有難いことに追い出されることはなかった。車の中で寝泊りしているとはいえ、我々も（民間外交をしている）外国人なのだ。やがて毎晩、仕事を終えたパトロールのお巡りさんがお茶を呑みに来るようになった。そして、彼の休日には街を案内してくれたり、海に連れて行ってくれたり、街の公衆浴場ではさすが警察官のカオでひと声、

「ちょっと、こいつら入れてやんな」……久しぶりにゆっくりとシャワーが浴びれた。

私服警官の護衛付き！　どこに行っても一番安心していられる街だった。

モロッコの首都ラバトから、「ここは地の果てアルジェリア」の首都アルジェへ……

海に雪崩れ込むように、急斜面にへばりついたアルジェの街は素晴らしい眺めだったが走りにくい。ここから南下すればいよいよ待望のサハラ砂漠！　スペインに落ち着く前に……まるで夢のよう。飲料水とガソリンのためにポリタンクをいくつか買った。それが砂漠に突っ込む準備のすべて。アルジェの人達ですら頭をふりふり警告する。

「お前ら気違いか、自殺する気か！　これから夏が来るんだぞ！」

無知無謀を唯一の取柄とする我ら三バカは、

誰一人として中止又は延期を……

検討することすらしない。

絶命の危機

――いざ、サンチョ、出発じゃ！

日増しに強くなる光りの中を一路南へ！　ロンドンを出てもう何千キロ走ったろうか。中古車にしてはよく故障もせずに走っている。

――さすがフォルクスワーゲン！

しかし、我々は一体何に向かって走っているのだろうか。時折過ぎる村にはどこでも同じ光景が見られる。店の中も外も、イスに腰掛けてティーを飲み、雑談に興じているのは男ばかり。村外れになると、何するでもなく路肩に座り込んでいる。もちろんこれも男ばかり。

ここでは永遠に時間が止まっているようなめまいを覚える。

わずかに伸びていく木の影だけが、ふと時の流れを思い起こさせる。

来る日も来る日も同じ景色を眺め、

路肩にしゃがみこんだまま年老いていく彼らは、
一体何を考えているのだろうか……
悟りの境地にでも達したというのか……
何も考えずに「今」を生きるだけの私ですら、
気の遠くなる思いがした。

地平線に向かって一直線の道路が陽炎《かげろう》に揺れて伸びている。車窓を開けると熱風が吹き込む。何時間走っても対向車はない。砂漠の人々は夕方から明け方にかけて走る。そんな当たり前のことにも気がつかず、灼熱の太陽に身と車を焦がし「遂に砂漠に来た！」とワクワクしていた。だが砂丘はなかった。見渡す限り乾ききった大地が広がっているだけ。砂漠といえば砂丘と思っていたのに、若干期待はずれ……

砂丘は砂漠の、ほんの一形態にすぎないことを知らなかった。
車を閉め切ってしばらく放置してからドアを開けてみると、車内のマットレスの上に熱死したハエが数匹転がっている。

——ここは紛れもなく砂漠だ！
ン、一体どこからハエなんか来るのか……
そうだ！「砂漠は生きている」のだ！

日記なんてつけたことがないため、無知無謀の記録がない。

鮮烈な砂漠の印象も日付や地名となるとほとんど記憶にない。

オアシスはオアシスであって、何というオアシスかは分からない。

よく覚えている距離で二百キロというのがある。オアシス間の距離、二百キロの丁度真ん中あたり、次のオアシスまであと百キロというところで車が遂に音《ね》を上げた。


砂漠の日中を走る、無知のツケがまわってきたのか……


地平線に沈む夕日を見やりながら、為す術もなく三人共大地に転がる。やがて満天の星空が喩えようもなく美しく広がり、すこやかな疲労が我々をおし包む。

夜が明けて太陽がギラギラと輝き始めれば、逃げ場のない我々もあのマットレスの上のハエ共のようになるかも……　などとは誰も考えていないよう。

見渡す限り日陰ができそうもない絶体絶命の状況に、思考回路がショートでもしたというのか、それとも危機一髪で常に助かるアクション映画のヒーローにでもなったつもりなのか。とにかく我々は、心地よい微かな夜風を肌に感じながら深い眠りに落ちていった。


夜明けまでまだ少々時間がある頃、車の走る音で三人共同時に跳ね起きた……が「時すでに遅し」、走り去る車の後姿を茫然と見送る。千載一遇のチャンスを逃した我々は押し黙ったまま再び大地に転がる。

やがて地平線からお日様が顔を出したがニコニコはしていなかった。動かなくなったポンコツ車の、地上唯一の長い影が次第に短くなっていく。観念したのか、大地に転がった三人は相変わらず微動だにしない。あっさり救われないところがますますドラマチックに思えてほくそ笑んでいたわけではない。ただ、何をどうしたらいいのか、全く分からなかっただけだ。

……「携帯」ナンテ聞いたこともない時代、ＳＯＳを発信のしようがない……

救いの手は太陽が四十度に昇った頃差し伸べられる。大型のランドローバーがお迎えに来た。おそらく夜明け前に通り過ぎた車がどこかに知らせてくれたに違いない……が、お迎えに来てくれたのが一体何者なのか、全く分からない。正体不明のその男は一言も話さず、黙々とロープを繋いで引っ張ってくれた。次のオアシスまでと思いきや、数分も走らないうちに道路を外れた。地面に車の跡があるから道には違いない。

しばらく行くと四角いコンクリートの建物が一個、その横には牽引車に置き去りをくったようなキャンピングカーが一台、ポツリとあった。その横に我々の車が加わる。

「修理屋をよこす」と言い残してランドローバーは走り去った。現れたときはてっきり「助かった！」と思ったが、再び救いの神の後姿を見送ることとなる。

あたりを見まわしたが、陽炎に揺れ動く乾ききった大地に人っ子一人いない。ただ地面から突き出た、蛇口付きの一本の水道管が人の気配を感じさせる。蛇口からはちゃんと、水ならぬお湯が出る。しばらく出しっぱなしにしたが一向に冷たくはならなかった。少なくとも温かくはない飲み水を如何に確保するか、冷蔵庫しか知らない未開人、この場に至ってもまだ知らなかった。（どうするかはもうちょっと読み進めば……分かる……カナ？）

コンクリートの建物の中には、折りたたみ式の簡易ベッドがいくつか置いてあるだけで他には何もない。どうやら日中の暑さを凌ぐ避難所のようだ。

幻想の世界

どこからともなくターバンを巻いたひとりの老人が現れた。どうやら管理人らしい。我々は彼を酋長と呼ぶことにした。手招きされるがままコンクリートの床に座る。酋長は布袋から大きな円形のパンのようなものを出して、引きちぎっては我々に「食べろ」とよこす。

そこまではまだよかったが、壁に掛けてあった皮袋を取り、中から白い液体をドボドボと器に注ぎ入れたとき、その流れの勢いに吸い込まれるようにでっかいハエが飛び込み、器の中でアップアップをしている。飲めと差し出されたが、誰も手を出さない。

――こんなことでは砂漠を生き延びれないなぁ……

お返しにと、ロンドン直輸入のインスタントラーメンをつくって差し出したが、立ち昇る湯気に酋長は顔をそむけ、一口食べて（？）みただけ。

お昼過ぎ酋長の息子という人物が現れる。中年のその人物は半袖のシャツに半ズボン、ピカピカに磨かれた靴をはいていた。もちろんターバンなし！

酋長と何か言い合っていたが、いきなり置き去りのキャンピングカーに我々を招き入れた。ナント、中にはピカピカのキッチン設備が整い、酋長の息子は慣れた手つきで目玉焼きをつくり、フツーのパンと一緒に出してくれた。

――フツーの食事がこんなにおいしいものだとは！

こうして、彼と酋長が何について言い争っていたのかを理解した。

午後は熱風を避けてコンクリートの建物の中、他の旅人同様ベッドに横たわって眠ることにした……が、なかなか難しい。顔には大きなハエがボンボン飛んで来ては止まる。追っても追ってもきりがない。汚れで灰色だと思っていた壁は無数のハエが止まっているためだ。

そのうち追い払う手も疲れ、面倒になると同時に顔面を、唇の上を、歩き回るハエも気持ち良く感じるようになってきた。

――どうやら砂漠も生き延びれそうだな……　と、散歩をさせるがまま眠りに落ちた。

夕方になると、どこからともなく人々が集まって来る。見渡す限り薄茶色の大地、台形やとんがり帽子の小高い岩山、遠くに憧れの砂丘。人の住んでいる気配などどこにもないのに一体どこからやって来るのだろう。

陽炎に揺らめく人影が
ときにはラクダの影と共に
ポツリと浮かんだかと思うと
次第にその濃さを増しながら
近づいて来る
正に幻想の世界

やがて人々は地べたに座り、火をおこして料理を始める。マトンがたっぷり入ったクスクスの煮込み、夜の帳に漂う美味の匂い、焚き火の明かりに浮かぶ数個のターバン……

「さあ、食いな！」と突き出された器に思わず涎が垂れる。

三人共同時にガバッと頬張ったが、三人共同時にゲボッと吐き出した。呑み込むや否や食べ物が逆流してきた。鼻をヒクヒクさせ、器を恨めしそうに覗きこむが誰も二度と手を出せない。

砂！　砂漠の風には目に見えないほど細かい砂が音もなく舞っている。その屋外で蓋もせず煮込んでいたら、たっぷり砂が入るのは当然のこと。

鶏じゃぁあるまいし、残念ながら我々には砂嚢がない。


夜も更けてふと思った。

――そういえば今日、修理屋と名乗る人は来なかったなぁ……


ハァア〜〜ッ！


次の日も、修理屋は夕方まで待ったが来ない。いくら急ぐ旅ではないと言えども、永遠に待つことはできない。そこで避難所を発つ人にアスファルトのメイン道路まで牽いてもらった。一時間くらい待っただろうか、次のオアシスに向けて一台のトラックが突進して来る。

――これを止めなければ次の車はいつ来るか分からない！

我々は道路の真ん中に立ちはだかった。トラックは止まらざるを得ない。引っ張ってくれることにはなったがかなりの額を要求される。これまで何をしてもらおうと、一銭も要求されたことがなかったため驚いたが、お願いするしかなかった。

牽引のロープは極めて短く、トラックの尻が視界を遮り、目前で上下左右に揺れる。対向車もない直線の一本道を時速百キロで突っ走る。時折ちっちゃな砂丘が道路の上にちょこんとのっているが、トラックはおかまいなしに突っ走る。我々を引っ張っていることなど眼中にないみたい。ハラハラしながら、ただ早く着くことをひたすら祈る。

そのうち荷台から水のような液体がザバザバと漏れ始める。ホロに隠れて積み荷は何か分からない。貴重な運搬物に違いない……が、運転席に知らせようがない。数分後ようやくトラックは停まり、運転手とその相棒は地べたにひれ伏してお祈りを始めた。

我々は車の中に座ったまま、

――貧乏旅行者から金をふんだくったりするから、アラーの神の怒りにふれたのじゃ！

とか思いながらニカニカとそれを眺めていた。しかし、彼らにとって地球の反対側、アジアから来てこんなところをウロウロしている旅行者がビンボーだと思えるはずがない。

お祈り後トラックは、再び時速百キロで突っ走った。

オアシスでもないのに突然トラックが停まり、ロープがはずされた。「この短いロープでは目前の下り坂は危険すぎる」とのこと。

――ハァア〜〜ッ！　と思っている間にトラックは走り去る。

そこは、たいして急でもない下り坂のカーブした道で、眼下の平地に達するや道路は再び直線となり、オアシスへとつながっていた。

――ドラマじゃあるまいし、いいかげんにしてくれ！

と、感謝の気持ちを忘れて不平を言っていると、とかくおまけがつくものだ。

夜更けと共に砂嵐がやってきた。ピッタリ閉まっているはずのドアも窓も期待したほど効果なく、モウモウと立ち込める砂埃にタオルでマスクをしたが、次第に息が詰まっていく。幸い砂嵐は小一時間も吹き荒れたら過ぎ去った。

満天の星空は相変わらず美しかったが、何と言っても精一杯息を吸い込めることが幸せだった。

オアシスの日々

翌朝、オアシスから修理屋が来て自分の仕事場まで引っ張ってくれた。車を預けて、我々はキャンピング場に居を構える。キャンピング場といってもテントではない。避難所と同じコンクリートの、大きさは倍くらいの四角い建物が一個と、その横に椰子の木や葉を組んでつくった小屋がひとつ。

管理人クリデルは私とほぼ同じく小柄で、フラリフラーリと歩く。一日の大半は何するでもなく地面の日陰に転がっている。だが、自然の恵み少ない砂漠の大地にひれ伏し、台形の赤茶色の山、その頂に白く輝くアラーの神殿に向かって祈るとき、必ずターバンに白いガンドーラを身に纏う。オアシスは彼らの生死を左右する自然の恵み。自然の脅威も知らぬが如く自然を蹂躙し、安息の寝息をたてる緑地の人々もいつか大地にひれ伏し、祈るときが来るかもしれない。

仏壇の前でお経をあげる老父……　何と異質な祈りなのか。


「ボンジュール　ムッシュウ、サ　ヴァ？」

かなりの長髪ゆえか「ボンジュール　マダム」と声をかけられることもある。

「サ　ヴァ、メルシー」

と、フランス語で応答する。そう、ここはかつてフランスの植民地だったのだ。

ムッシュウ　クリデルと遊ぶフランス仕込みの投球ゲーム、ホテルの庭にあるプールで泳いでいるのはフランス人のみ、ロビーでくつろいでいるのもフランス人、ランドローバーを乗りまわすのもほとんどフランス人……　プールに近づくオアシスの子供たち、石を持って追い払うのはアンクル・トムのような……　映画のシーンそのまま。

ある日の午後、ＶＷに乗った女性ひとりを含むアメリカ人四人組み、一人一ディナールのシャワー代を払わずに逃げた。ハリウッド映画には決してないシーン。

クリデルの友達だという若いフランス人カップル、男はデンティストで兵役の代わりに二年間、このオアシスの病院で働いているという。日本に兵役制がないのは最高だが、こうして代替奉仕活動のため、若いうちに世界に飛び出し、いろいろ経験するのは素晴らしいことだと思った。就職して三年近くも経ってから、あてもなく飛び出した自分のお粗末さが身にしみる。……砂漠のど真ん中で反省？　オソスギじゃ！

修理屋で車の具合を尋ねる。電気回路の一部が熱で焼き切れ、部品の交換が必要だという。以後、来る日も来る日も同じ返事を聞かされることになる。
「部品がないから、明日来てみろや。アルジェへ行く時ついでに買ってくるから、また明日来てみな」

何をするでもなく日が昇り、また沈んでゆく……
急ぎ旅の人は決して来るところではない。
目の前にそびえる岩山の肌の、刻々と変化する色を愉しみ、
椰子小屋の中に差し込む木漏れ日と戯れ、
暑さにくたばりシャワーの一角に座り込み、

慣れない砂漠のコーラをがぶ飲みしてトイレに閉じこもる。

予定のない旅だから……何日間いてもどうってことないが、「明日来てみろや」という返事を一週間以上も聞かされると苛立ちは隠せない。

まだ「悟りの境地」とは程遠い自分を感じる。

五、六歳くらいの女の子が、ゴミをたっぷり含んだボサボサの髪の毛、土にまみれた裸足《はだし》でやって来て、しばらく物珍しそうに我々を眺めては帰っていく。我々も珍しそうに眺め返す。
磨けば輝きそうな女の子、だが、その必要性を感じさせない。自然と共に自然に生きる……

垂らしっぱなしの鼻水には何匹もハエが止まっているが、一向に気にする様子もなく悠然と歩いてゆく。

――この子の方がはるかに悟っているなぁ……

ラクダのけたたましいいななきが
我々を嘲笑しているかのように
辺りにこだました

暇にまかせてオアシスの外れまで行ってみた。椰子の木が区画整理でもされたように極めて大きな等間隔で林立している。

家々から子供や女の人が出て来たが近づいては来ず、距離を保ったままついて来る。カメラを向けたら一目散に逃げ散った。


その先に結構大きな湖があった。背の高い草がびっしりと生えていて、岸がどこなのかよく分からないところが多く、少々不気味な感じがしたが、水際が見える岸の縁に座って両足を水に突っ込んだ。冷たくて気持ちがいい……が、数秒も経たないうちに何者かが水の中で足をつっ突く。それも数え切れないくらい。

——ピラニア！　……のわけないよな、こんなところで……

思わず足を上げて水の中を覗きこんだ。そこにはメダカくらいの小さな緑色の魚が無数に泳いでいる。

——蛋白質が泳いでいる！

と、三人同時に思ったかどうかは知らないが、捕って栄養にしようという意見は相談するまでもなかった。タオルを水中で静かに広げ、その上に入れた手を少々動かしただけで小魚がワンサカと集まってくる。疑うことを知らぬオアシスの魚たち……　広げたままタオルを静かに上げると、水の引いた白いタオルの上にピチピチと緑色の小魚が飛び跳ねる。

大漁節が流れるオアシスの湖のほとり、やがて芳ばしい匂いが漂い、食べたら体が緑色に変わってしまうのでは、という懸念も吹き飛び……

――タンパクシツガァータリナイヨッ！

と、口ずさみながら……　そのおいしさといったら、このオアシスで他に何を食べていたかをすっかり忘れさせてくれた。

夜、再び砂嵐が来た。「今度は建物の中だからダイジョウブダァ～」と思った……が、ボンヤリとした電灯の明かりが更にボンヤリとしてきた。黄色い砂埃が漂い、次第にその濃さを増し、タオルのマスクも気休めにしかならない。

この、寒さとは縁のないような地帯で、建物が何故二重窓なのかは分かったが……

――それにしてもポンコツ車の中と大差ないとは！

要するに、サハラの砂嵐には防水窓にでもしない限り、その砂埃の浸入を防ぐことはできない、ということ。

今度もまた、一時間もしないうちに通り過ぎてくれたことが唯一の救い。一晩中吹き荒れることもあるという。

どこかの村で日中の走行中砂嵐に遭ったことがある。一寸先が見えなくなる。車はもちろん走れない。目の前を歩いていた人は、あっという間に薄茶色のベールに包まれ消え失せる。

じーっと待つしかない。二十分、三十分…… やがて視界が徐々に広がり、先ほど消えた人は顔を覆って、消えた時のままの姿で現れる。そして、何事もなかったようにまた歩き出す。

これもまたひとつの現実
ポッカリ抜けた何もない時間
「あてなき旅」は
私の人生のポッカリ抜けた時間
一体どこに繋がるのだろうか

砂嵐が去り、我々の旅は二週間ばかり休止して再び動き出した。

管理人クリデルの動きは止まり、機嫌が悪くなっていた。ガンドーラの下に隠されていた戦争の傷跡、爆弾を受けて折ったという背骨、長居をした我々と遊び過ぎたためか悪化し、腰の周りに幅広いギプスを着けていた。

復活したと思いし我らの車、チャージングのウォーニングランプが光々と点り、加速もままならない。これまでの修理屋では手に負えず、紹介された「エレクトリシティ オート」にて、向学心に輝く目をした若い技術者の根気強い原因追求、度重なる分解、組み立ての後、ようやくこのオアシスを離れるまでに更に数日を要した。

Uターン

相変わらず地平線は陽炎に揺らめいて手招きをしている。招かれるままに走れども、地平線は一向に近づきはしない……が、それはどうでもいいことだ。「今」が流れ去り、その後にまた「今」がある。永遠に続く「今」という時は、無限にある。

しかし、無限にあるものは「今」のみ。いかに安上がりの旅でも、収入のない我々の財布はしぼむばかり。牽引料、キャンピング場滞在費、修理代と思わぬ出費がかさんだ。いや、「思わぬこと」ではなく、当然考慮すべきことをしていなかっただけのことだが、「いずれ無くなる」などと呑気なことを言ってられなくなってきた。

さらに夜中、微かだが相変らずチャージングランプが点っているのに気づく。いつまた動けなくなるか分からない。

――サハラ砂漠に突っ込んだばかりだというのにこのザマだ！

何がケープタウンだ！

サハラを生きて越えたとしても、その後これまでの何十倍走らなくてはならないのか。アフリカ大陸がいかに大きいか（それも縦断！）、サハラだけでもどれほど大きいか、地図くらい見てから考えるべきではなかったのか。特にサハラは大きさだけがモンダイではない。

季節も、距離も、日数も、費用も、とにかく何も考えずにただただ突っ込んだ。砂漠を突っ切るための何の装備、知識すらも無く……「おそまつ」という他ない。

――「三バカ大将」すらあきれ返る無知無謀さ、我ら前代未聞の三バカ！

ここまで来たのも「超人的」と自画自賛し、我々はUターンを決意した。「ヨーロッパで稼いでまた来よう」と、二度とできそうもない戯言を言いつつ……　来た時とは違ったルートをと、チュニジアを目指した。ン、UじゃあなくてVターンだ！

メイン道路からかなりはずれて町の印が地図にあった。砂漠の真ん中に町といえばオアシスに決まっている。それにしてはどうして舗装してないのだろうと訝りながら、ところどころ砂に覆われた、車の跡がついているだけの道を走った。

砂埃をモウモウと立て、何とかどこにもはまり込まずに着いたがオアシスはない。かなり昔あったのだろうが、建物の廃墟がわずかに残っているだけ。そんなに古い地図ではないのに、間違ったら命取りになりかねない。幸いここには涸れていない井戸があった。砂漠に水があればラクダを連れた人が来る。ここも例外ではなかった。

見渡す限り砂丘と岩山と木一本生えていない乾いた大地のみ。それでも、どこからともなく人が現れ、ラクダに水をやり、どこへともなく消え去る。何度見ても不思議な光景だ。

夕日を浴びて舞い上がる砂塵の中を、砂にはまり込まないように注意深く走り抜ける。縞模様のオレンジ色のカーペットに、茶色のシルエットが時折ガタガタと揺れながら走ってゆく。「家に帰るからちょっと乗せてってくれ」と、廃墟の町から老人がひとり、同乗者となった。

何十キロ走っただろうか、次のオアシスへ着いたのは日もとっぷりと暮れてからのこと。

老人は我々を家へ招き入れた。奥さんらしき人が機を織っている。どこへ行っても子供はたくさんいて、未知のアジア人にも笑顔を絶やさず近づいて来る。やがて洗濯物が小躍りする屋上にマットレスが敷かれ、狭苦しい車の中でもなく、固い地べたでもなく、久しぶりに安眠が約束された。

今にも黄金色の雨が降り注ぎそうな
満天の星空を眺め
オアシスの優しい夜風に愛撫されながら
深い眠りについた

砂嵐も来ない最高のアラビアンナイト

砂漠のバラ

椰子の林の中を灌漑用水が流れる音がする。このオアシスは結構大きくて豊かだ。次のオアシスに向けてガソリンを満タンに詰め込み、スタンドのオヤジに手招きされるがまま地下室へと……

——一体何があるのだろう……

と、恐る恐る闇の中に足を踏み入れるや、オヤジがいきなり電灯をつけた。

ほの暗い明かりの中に
突然浮かんだものは
薄茶褐色の、無数のバラ

花を見て美しいと思ったことはあるが、この時ほど感銘したことはない。

——ウハッ、オヤジの演出に……マンマとハメられた！

「ローズ　ドゥ　サーブル」、それは純粋に自然の造形による「砂のバラ」。何らかの鉱物が水に溶け、結晶に成長するとき砂漠の細かい砂が混じり込み一体化するのだという。自然は正に偉大なる芸術家！

もちろんガソリンスタンドのオヤジは自慢したくて見せたのではない。売りつけたかったのだ。大枚をはたいても買いたいところだが、そんな余裕はない。

——褒めちぎって一個も買わないとは……

と、訝しがるオヤジを後に、スタンドを出て考えたことは三人共同じ。

——自然にできる花ならば、どこかにその花の咲くところがあるはず、探せ！　絶対に見つけろ！

至上命令だなどと力む必要は全くない。どこへ行っても子供達が寄って来る。煩がるだけが能ではない。アメをやって案内させた。

砂嵐ほどではなかったが、吹き交う砂塵でかなり視界が悪い。子供達は平気で「行け！　行け！」と指図する。道なき荒野、一体何を目印に進んでいるのだろうか。きっとここは、彼らにとって幼少の頃からの遊び場に違いない。

やがて砂霞みの中にポワッと地面の盛り上がりが浮かびあがる。「砂のバラ」の……取り残しの瓦礫の山。それでも結構イイものを大きなカゴふたつにいっぱい拾って車に積んだ。バラが咲くにはかつてここにも水が……　オアシスは縮小しつつあるということか！

「砂のバラ」は食えなくても、売ることができる。

「拾った狸の皮算用」ぐらいは許されるだろう。

――いざ、ヨーロッパへ！　砂のバラを売りに！

「マッチ売りの少女」ならぬ「バラ売りのイケメンたち」……


次のオアシスへ向かう途中、砂漠のど真ん中に三叉路があった。それ自体はまああっても不思議はないが、その道路が交わっている角にナント喫茶店があった。小さなコンクリートの四角い建物に、椰子の木や葉っぱを組んだ一角がくっついている。確かにカフェと書かれた看板が出ている。

――オアシスの影も形もなく、地平線以外何もないこんなところに……

ただその唐突さだけが記憶にのこった。何を飲んだか、どんな味がしたか、どんな奴が店にいたか、何も思い出せない。

灼熱と静寂の美

熱風吹きすさぶ昼下がりは身の置きどころがない

木陰なんて何の役にもたたない
温度計は振り切れて何度か分からない
夏だなんてものではない
灼熱地獄だ！

「Uーターン」は正解だったかもしれない。いや、「かもしれない」なんてものではない。そもそも今頃になって、元々デタラメな行動に正解か不正解かを考えることの方がオカシイ。

大砂丘のふもとに村がある
半分以上も砂に埋もれ
命の影すら見えない

太陽は微動だにせず照りつけ
地上は灼熱の静寂に押し包まれる

動くものといえば
時折熱風に舞い上がる金色の砂塵のみ

ジリジリと身を焦がし
憧れの光景に胸が震える
水の溢れる緑地からの憧れ

しかし、砂漠は生きている！


どこからか子供の遊ぶ声が聞こえる。自然と声のする方へと足が向く。乾ききった砂丘のふもとの村にも小さな湖があった。水に飛び込むことだけが暑さを凌ぐ唯一の方法だ。熱風を避け、その気持ちのいいことといったら言語に絶する。だが、その歓びも長くは続かなかった。暑さを凌いで水に飛び込みたいのは何も人間様だけではない。対岸からこちらに向かって細長いヒモのようなものが身をくねらせて泳いでくる。

「ヘビだ！」

何故我々が譲歩しなければならないのか、考える余裕もなく三人共アッという間に水から出た。

――熱風の方がまだマシか……

幾つも連なる大砂丘の間を

アスファルトの一本道が突き抜ける。
車を駐めて砂丘を登り始める。
草履が脱げたらやけどをしてしまいそうな黄金の山肌……
白い粉雪舞い上がる大雪山の山肌から半年余り、
私は今サハラの大砂丘の上に立ち、
飛び跳ね、転げまわっている。
はるか眼下に一本の黒い直線と、
その横にひとつの四角い黒点、
あれがここに到達した唯一の証、
頼もしくもあり心細くもある。

視線を水平に移せば砂丘の尾根が果てしなく続き
黒と金色のコントラストが
非情で孤独な静寂の美しさで輝いている
何千年も待ち続けた感動に胸が震える

だが、大雪山の頂から見た白銀の世界と同様、いかなる感動に胸打たれても、ただそれだけだった。

ずーっと見続けてきたこれらの夢とは一体何なのだ
結局少々の金と暇があれば、誰でもできることではないか
いずれは覚める、寝てみる夢と変わらないではないか
人生を賭けてみる夢とは……

ふと、夢から覚めた。
今は一刻も早く、砂漠の旅を終りにしなくてはならないのだ。

オレンジ色の解決

チュニスまであと三百キロばかりの町、コンスタンチーヌを快適に走り抜けようとしていたとき、よりによって交通巡査のいる環状交差点に突っ込むやいなや、何かがぶち切れるような音がするなり車は停止してしまった。のどかな町では、いや、巡査がいたせいか、プープー、パーパーと警笛を鳴らす輩はひとりもいない。故障は一目瞭然、誰が好き好んでこんなところ

で立ち往生する奴がいようか。大衆の注目を浴びて、すぐ横の小さな広場に押しやる。お巡りさんの計らいで翌日の修理屋は約束された。

翌朝、再度牽引され修理工場へ。結構大きな修理屋だったが、何故か工場の中には入れず、正面道路の端に置き去りにされた。一時間、二時間と待たされ、何度か催促をしたが、暇そうな作業服の男たちは口を揃えて「忙しい」と言う。

「頭に来ても仕方がない」とひたすら待つが、やはりそのうち頭に来る。

——車の修理道具も技術も持たず、無期限のドライブになんか出るんじゃねぇーョ！

とでも言いたいのだろうか。

遂に日が沈んでも修理は始まらなかった。車を見に来る奴すらいない。たいして急ぐ旅ではないにしても一日中待たせるとは、やはり腹がたつ、が、泣き寝入りするしかない。

東の空が白み始めた頃、ガンガンと車を修理する音と振動に目が覚めた。

「何でこんなにはやくぅ？」という疑問と「やっと修理を始めたか！」という安堵感がミックスされた、奇妙な感じの眠りに落ちていった。

我々がすっかり目を覚ましたときには、とっくの昔に修理は終っていた。

毛むくじゃらの大男が請求書を持って来る。目ン玉が飛び出る額、これまでの安上がりを水泡に帰す額だ。

——そんなバカな！　と見直した。

修理代はオマケみたいなもので、クラッチ代なるものが請求書の大半を占めている。「これまでのは使いものにならないから新品と交換した」そうな。「何で一言の相談もなしに……」と愚痴ってみても後の祭り。かといって「サンキュー　ベリー　マッチ」なんて言って支払う気にはなれない。何ンか引っかかって仕方ない。一日中待たせたあげく、何故我々が寝ている間に修理をしたのか、という疑問が一気に疑惑となる。そこで、交換した古い部品を見せたら支払うと条件を出した。……実際何か持って来られても分からないのに……

大男は「今持って来る」と言い残して、工場へ入ったきり出て来ない。一時間、二時間……いくら待っても持って来ない。何回訊きに行っても答えは、「ウルセー、今捜してる！」だ。交換してもいない部品があるはずはない、と我々が確信すればするほど大男の苛立ちが顕著になっていく。手に持っていたスパナを地面に叩きつけて「捜してる！」と怒鳴るようになった。そのうちスパナは地面ではなく我々に向けて……

今更「嘘でした」とむこうは言えないし、いくら怖いからといっても、嘘と分かりつつ払う気はしないし、果てしない睨み合いが続く。睨み合いといっても、実際顔を突きあわせていたわけではない。お決まりの言葉を交わすなりお互いの陣地にさっさと引きあげ、あちらは捜すふりもせず日常の仕事を続け、こちらは「いくらでも待つ時間はありますよ」とばかり工場の周りをぶらつく。

夕焼けは、日中の問題すべてをそのオレンジ色の輝きの中に溶け込ませ、安らかな眠りの準備をする。赤く染まった西の空が明日の晴天を約束する頃、ぶらつき疲れた我々が座り込んでいる車の中を大男がひょっこりとのぞき、「町に用があるからちょっと乗せて行け」と言った。ちゃんと走る車に乗った大男は修理の腕を自慢し、頼みもしない町の案内を始めた。一通り案内し終わったところで車を降り、「じゃあ、元気でな」と人混みの中に消えて行った。

町外れに喫茶店があった。車を駐め、久しぶりに乾杯！

――「ジャパニーズ＝せっかちで騙されやすい金持ち」なんていう公式がいつでも通用すると思うなよ！　相手をヨーク見ろッツーノ！

三人寄れば文殊の知恵、向かう所敵なしジャーッ！

冷たいビールがハラワタにしみわたるーッ！　カンラカラカラ……

「終り良ければすべて良し！」、アフリカの旅は痛快の一言に尽きる。

さらば、アフリカ

チュニスからパレルモ行きの便は土日のみ、数日の滞在を余儀なくされる上、高額な船賃。修理にうんざりしていたこともあり、車は売却し、後はそれぞれ好きなところへ、飛行機ででも飛んだほうがマシ、と買い手を探すことにした。

それを嗅ぎつけて突如現れたマフィアも三下のお兄さん、吐いたセリフがカッコイイ。

「ビジネス　イズ　ビジネス、フレンド　イズ　フレンド、ドント　トラスト　ミイ」

我々はたいしてトラストもせず、ビーチでコーラを飲みながら朗報を待つ……チンピラ氏、二日間の努力も空しく空振り、泣きそうな顔で「他に売る物がないか」、「何かくれ」……と。

「ユー　クッドント　セル　ジス　カー、ビジネス　イズ　ビジネス」

つれなく追い払って、売車はあきらめ船賃を払った。

運命はここでもまた、私がスペインへ真っ直ぐ飛ぶことを妨げた。「どうしてもローマへ行け！」と……　スバラシイ未来でも待っているのカナ？

チュニスからシシリー島のパレルモへ向かうカーフェリーの中、誰かの誕生日か、何の祝い事か忘れたが、ウイスキーのボトルを空にするほど飲んだくれた。

アフリカとの別離を悲しんだのか、ヨーロッパ再突入を喜んだのか……はどーでもいいが、税関で「サンドローズ」ふたカゴがどうなるか、の方がずーっと気になっていた。

誰が運転していたか覚えていないが、よくトラブラずに船から降りれたものだ。

酔っ払い運転は彼らの管轄外といえば、そうに違いないのだが……

「ローマの休日」を愉しむ

「ゴッドファーザー」に挨拶もせずシシリー島を抜け、ミカン畑で休息をとり（採り）、夢のナポリで道草も食わず、一気にローマへと突っ走った。車のエンジンは「押しかけ」となったが、もう修理に出すつもりはない。我々の車の旅は終りだ。

ローマといえば、何といってもスペイン階段！

階段の上から、下から、古い建物の陰から現れる人々は、
はっきりとした輪郭を保ち、刻まれる時を明確に意識し、
昨日、今日、明日は決してひとつに溶け合うことはない。
市内の至る所にある噴水から水が噴き出し、
街角の彫り物の口からも水が流れ出ている。

陽炎に揺れる地平線に、
忽然と現れては消える人影。
灼熱の静寂に、音もなく舞う黄金の砂塵、
限りなく打ち続く大砂丘に刻まれた縞模様のシルエット、
そこにはただ、「今」があるだけのサハラ。

一体どちらが幻影なのだろうか。

売れたぁー！

スペイン階段には所狭しと若者が座ってアクセサリーを売っている。我々も早速空きを見つけて「サンドローズ」をひろげ、彼らの仲間入りをした。サハラ砂漠直輸入の「バラ」はよく売れる。車にも「セール」の札を貼り出したが、こちらは売れそうもない。

何日か経ち、「砂のバラ」が全部売れたある夜、車を買いたいという御仁が現れた。日中快走しているこの車を見てでもいたのだろうか、夜もかなり更けていたからだろうか、通常行なわれる試運転なるものを何故か言い出さない。いくら安くても、押さなければエンジンがかからない車を買う奴はいないだろう。

これまで使っていたシュラーフザックや自炊道具などを次々と引っ張り出し、「ハイ、これもあれも付けてあげるよ」を連発し、財布の口を開く前に、「エンジンをかけてみよう」などという気を起こさないよう必死に注意をそらす。

商談はアッという間に成立。ロンドンでの購入価格の半分以上が懐に転がり込む。

「ちょっと待った！」の声がかかる前にと、我々は一目散に姿を消す。

残念ながら、長かった旅の道連れと別れを惜しむことができなかった。

深夜に突然、寝るところのなくなった我々は真っ暗な公園をさまよう。安宿を探し回るには遅すぎた、というより寝るだけのための場所に金を払うなんていう嗜好、志向、または思考はとっくの昔に喪失していた。

やがてあちらこちらにボンヤリとした照明があり、真夜中とはとても思えぬ多くの人々が右往左往している公園が目の前に出現した。愚かにも「野宿に最適！」、真っ暗な公園より無意識に安全だと思った。暗闇の方が「イカナル人」も来ないのに……

泥棒天国ローマにあって、およそ防犯意識なんぞ持ち合わせていない愚か者。「所変われば品変わる」……まさか人々の視線を浴びてもなお、平然とオシゴトが為されるとは！

「砂のバラ」の売上げを山分けし、思いも寄らぬ車売却の大金を山分けし、明日はそれぞれ思い思いの道を歩む夢を胸に深い眠りに就いた。

だがそれは、若干深すぎる眠りであった。

「あてなき旅」でも流れはなんとなく決まっていく。自分で決めようが決めまいが流れていく。私が今ここにいて、何故こういう目に遭うのか全く分からない。昔も分からなかったし、今後も分かることはないだろう。自分の存在意義が見出せないうちはただ流れに身を任せるだけ。

――これが生まれる前に自分が決めたことなのかッ！　……それが知りたい……

終着駅…前

午前三時、ふと眼が覚めた。
貴重品を入れて枕にしていたカバンがない！
探る手に芝生の感触が冷たかった。

背筋にタラーッと冷や汗が流れる。ソレは漫画の世界だけだと思っていたが、本当にタラーッと流れた。何と無防備な大ドジをしたか、鉄骨で頭をガーンとぶん殴られたように目まいがした。いくら枕にしていたって、熟睡していたら盗られても気がつくはずがない。目が覚めるまで枕から頭をはずさないとは限らない。誤りに気がつくのはどうしてこういつも後なのだろうか。いや、人生なんて誤りと後悔の連続、「後悔先に立たず」とはよくいったものダッ！

現金はもちろん、まだ少々残っていたトラベラーズチェック、パスポート、それに、困った時には売ってその場をしのげると思っていたカメラ二台にズームや広角レンズ、すべてがひと眠りの間に消えた。

現像、プリントの費用を節約するため、撮り終えたフィルムは実家に送っていた。おかげで、どうしても紛失などはしたくない（盗難なんて夢にも思っていなかった）サハラの画像は助かった。

「目が覚めたら王子様」なんてことを夢見たことはないが、「一夜明けたら無一文」というのはちょっとひどすぎるような気がする。「命を取られなかっただけでも有り難い」などとはとても思えない。

警察を探して、オレンジ色の街灯にボンヤリと浮かぶ石畳の道路をさまよい歩いた。

一外国人が全財産を盗まれたのだ、「非常線でも張ってくれるのでは……」と、本気でそう期待していた。

いくらローマでも人通りの絶える時間。それでも何とか一組の男女に出会った。非常時でなかったら、何とロマンチックなシルエットだったことだろう。彼らはドイツ人だったが、幸いすぐ近くに警察署があるのを知っていた。事情を知るやポケットから財布を取り出し、札を何枚か私に握らせようとする。

「サンキュー　ベリー　マッチ！」と言って素直に手を出すには経験が浅すぎた。

——ソッ、そんなつもりで道を尋ねたのではない！

「武士は食わねど……」などという、食えなくなったことのない輩がのたまうような高潔な一句が邪魔をした。

「どうして受け取らないのか！」と地団駄踏んで悔しがるアベックを後目に、

——どうしてそんなに悔しがるのだろう……

と訝りながら、私は悠然とその場を立ち去る。何故か心がホンノリと温まっていた。そして、

「人の好意を無にするべからず」とフカーク感じたときは、「時すでに遅し」であった。

警察では守衛に門前払いをくらう。「夜が明けたら届け出に来い」と一笑に付される。

とんでもないことを期待していたことにやっと気がついた。お先真っ暗な夜道を仲間の待つ
公園へトボトボと帰った。

ナント、その公園はローマ、テルミニ駅——愚かさの終着駅——前にあった。

一体私はどこに着いたのだろう……
いずれこの駅が始発駅になるだろうが、
それは一体いつになるのか、
その時の行き先はどこなのか、
皆目見当もつかない。
……賢さの始発駅……ナンテことには……

盗難の前、夜が明けたら向かおうと思っていたスペインは遥か彼方に消え失せ、得体の知れない衝撃が「あてなき旅」のかすかに意識していた方向までをも吹き飛ばしてしまった。

間もなく夜が明けた
生まれて初めての
重苦しい夜明け

無一文となった今、どうしたらいいか全く分からない。他の二人は盗まれこそしなかったが、元々彼らがスッカラピンだったから「Uーターン」して来たのだ。彼らは北欧へ行って皿洗いでもするという。ここで仕事を探すにも一人のほうが見つけやすいだろうし、好きなところへ行くよう彼らに言った。彼らは二千リラずつ私にくれて消えた。四千リラを手に握りしめ、「これでまあしばらくは、いや、二〜三日は食べられるかナ」と思ったとき、言いようもない不安に襲われ、二人が消え去った方向を見つめ直した。もう一度現れて欲しいとは思わなかったが、何故かとめどもなく涙が溢れ出てきた。

警察の盗難被害届けの窓口は連日盛況らしく、この日も待合室はギューー詰め。小一時間待たされて、被害証明書なる紙切れを一枚もらったが何の足しにもならない。だが、この警察のスタンプ付き紙切れがなければパスポートも再発行されない。自分の正体なんかどっちみち不明なのだからないままでもよかったが、外国で生きるのに国籍は不明のままにしておくわけにはいかない。

残された衣類少々と（半年にもならないうちに気温差五十～六十度を旅し）ぶっ壊れたギターを持って、足は自然とスペイン階段へ向かう。スペインではなくスペイン階段へ……　他にあてはなかった。

スペイン階段に座って行き交う人々を眺めていた
やはりここにもあてはない
何時間もただ座っていた
何も考えなかった
何もしようとしなかった
どうなるのだろうかとも思わなかった
ただ行き交う人々と噴水の飛び散る水を眺めていた

日が沈みかけたとき、ふと思った。
――これで何も盗られる心配はないし、どこにでも寝れるなぁ……

アントニオ

「捨てる神ありゃ拾う神あり」

夕日を背にひとりの顔見知りが私に向かって階段を上がって来る……

アントォニオ！　「砂のバラ」を売っていた時に知り合った、イタリア人とアメリカ人を両親とする若者。彼の日本人ガールフレンドはドイツに移住してしまい、その後の手紙が次第に疎遠に、かつ冷たくなってきたことを心配してドイツまで会いに行っているはずだった。「去る者日々に疎し」、冷えた心を取り戻すことはできず、悲しみに打ちひしがれて帰って来た。


彼はまっすぐ家に帰らず、何故スペイン階段へ来たのだろう……

私もまた何故まっすぐここへ来たのだろう……

心に傷を負った若者、
行き場を失った若者、
夢も希望もなくした若者、
その他どんな若者がここに座っているのだろう……

何かが起こることを期待して座っているのだろうか。

私はほとんど一日中座っていたが何も期待していなかった。

要するに何もなかった。

頭の中は限りなく空白だった。


それでもこの無一文のジャポネーゼに奇跡が起こった。約束をしていたわけでもないのに、彼は丁度この日ドイツから帰って来た。そして、まるで私を迎えに来たように、スペイン階段へ……

アントニオに連れられるがまま夕暮れの地下鉄に乗った。着いた駅前には小さなピラミッドがある。そこからしばらく歩いて、海岸近くのアパート群の一室が彼の住処。


かくして盗難後、一夜も野宿することなく居候が始まる。

――せっかく盗られるものがなくなったというのに！


家には「ローマは気に入ったからしばらく滞在する」と絵葉書を出した。

八年後、日本大好きな彼女にせっつかれて初めて一時帰国をした。

「ローマで盗難に遭ったんだってェ～～」とお袋、

「ドッ、どうして知ってんだ！」

トラベラーズチェック再発行のため銀行から身元確認の問い合わせがあった……とのこと。「ガイジンを連れて来る！」ということで慌てふためいた両親、「日本食大好きだから何も気にしないで」というたび重なる連絡にもかかわらず、パンを買い込んでいた。

朝食、彼女はご飯に味噌汁をニコニコ食べ、両親はパンをシブシブ食べていた。

（脱線した話を元に戻す）

革製品店「きくこ」

その後何日間経ったか覚えていないが、アントニオの知り合いの、日本人の仲介で革製品の店「きくこ」に雇ってもらった。店主は日本人女性、きくこさんとイタリア人のご主人（私と同様、元技術者！）、事情を理解してもらってのお情け雇用である。

給料を前借りしたり、あちこちに借金をしたりして、近くに安ペンションを見つけ自活を始めた。果物などは市場が店じまいする頃、売れ残りをタダ同様まで値切って買う。ピザを売るスタンドのオヤジはいつも注文より大きめに切る。サービスならまだしも、重さのオーバー分をしっかり計算して要求してくる。

「大きく切るのはアンタの勝手、私は注文した分以上は払わない」

とねばる。オーバーがホンの少々のときはサービスしてくれるがたいていは切り直す。そのうち私には注文の重さをピッタリ切るようになった。

――やればできるじゃん……　ブラボー！


革製品の店員！　およそ不似合いな仕事だ。まあ、私に似合う仕事って何なのか訊かれても返事に困るが、雇い主の方がもっと困っていたのではなかろうか。とにかく、こうする以外に道はなかった。

たまにヨーロッパ人が入ってくる。じっくり製品と値段を見比べ、たいてい頭をフリフリ出ていく。そこには店員が口を挟む余地はない。

日本人が入ってくる。たいていはグループでドヤドヤと入ってくる。ソファに座り込んで品物を持ってこさせ、店員の助言に耳を傾ける。グッチーとかウッチーとか、未知の言葉が飛び交う。徐々に高いハンドバッグが出され、隣席の仲間より高いものを買おうとする。こうなったらもう店員の思うつぼ、最初口にしていた予算とやらはどこ吹く風となる。

始めたばかりだからではない。何年経っても私ができるようになりそうもない仕事に思えた。タダで仕入れた「砂のバラ」を石段に並べ、「気に入ったら勝手に買って行け！　可愛い娘《こ》にはプレゼント」が私もできる店員像。

かくして、ドヤドヤとお客が入ってくると外に出るようになった。

「道行く人々を勧誘するためであーる」……
「とんでもない店員だな〜」と自分で思わないこともなかったが……

隣りには「ムラノ」というガラス製品の店がある。その「ムラノグラス」とやらは日本でも有名だそうだが、初耳だった。その店には、ウチみたいに三、四人がドヤドヤではない。団体がゾクゾクと入って、皆同じ袋を持ってゾロゾロと出てくる。どうしてウチにゾクゾクと来ないのか首を傾げて考えた。(ゾクゾクと来られたら外に出ることなんか出来なくなるのに……)店を出て右を見ると、向こうに(観光)バスが停まったり行き来しているのが見える。左を見ると「ムラノ」があって、通りは観光客なら一度は訪れる「トレビの泉」に出る。

二度と来れないくせにコインを投げ込む観光客が多々いる。いくら借金して暮らしているとはいえ、夜中「泉」に入って手探りで拾う気はしない。

この二百メートル足らずの、(観光)バスがチラホラ見える通りと観光名所を結ぶ一直線の通り、「トレビの泉」から来て隣りの「ムラノ」に入る日本人団体客は、常にバスが見える方とは反対方向の「泉」へと戻っていく。何となく不思議に思った。

「ムラノ」を出た団体客がよそ見もせずに「泉」へ向かうとは限らない。日本女性の名前「きくこ」の看板に気がつくと興味津々、ワイワイガヤガヤ入ってくる。二、三の客がいざ買おうとしたとき、西部劇よろしく店のドアがバァーンと開いて長身の女性が立ちはだかる。腰に拳銃をぶら下げてはいなかったが……

「早く出て、出て！　時間がありませんよ！」と叫び、買いかけていたお客すら止めさせて店から追い出す。

目をつりあげ、腹立たしげにきくこさんが説明してくれた。

「あれはテンジョウインよ！　ウチはね、リベートを払わないから団体客を連れて来ないし、今みたいに邪魔するのよ。リベートなんか払う代わりにその分安くしたほうがいいもんね」

一応（何となく思い込んだ）謎は解けたが、「テンジョウイン」って何者なのかピンとこなかった。「天上の人」って何のことかと思ったが、ジョーシキという感じがしたので訊けなかった。「添乗員」って書いて意味を知ったのはしばらくしてから。ナンセ、付き添い人のいる旅行なんてしたことがなかったから、なかなか思い至らなかった。

ただ、きくこさんにしろ添乗員にしろ、両者の生きる迫力には自分の欠けているところを突きつけられたような気がする。


イタリアの昼休みは長い。店が再び開くのは夕方になってからだ。もちろん「きくこ」ではお客がいれば表向きは閉店でも中では仕事が続けられる。

私と時を同じくして「きくこ」に就職した娘にメアリーというイギリス人がいた。さすが労組発祥の地からの娘か、雇用契約以外の時間は一秒たりとも仕事はしない。お客と応対していても昼休みが近くなると、チラチラと壁の時計に目をやる。時間が来ればお客が買おうとしていても、日本人店員にバトンタッチしてさっさと店を出る。夕方は早めに着いても時間になるまで店に入ろうとはしない。アイスをペロペロなめながら日本人店員の働きぶりをながめている。その徹底ぶりには感服するが、さすがの私も「ちょっとやり過ぎでは……」と気にかかる。彼女はそのうちクビになるだろう、と思っていたが、一ヶ月して彼女自ら二週間の休暇をとった。「家の事情でロンドンへ帰らなければ」と……　もう店には戻って来ないのを知っていたのは私だけだった。

イタリアの長い昼休みは皆昼食を楽しむ。私が楽しめる状態ではないと気を配ってか、きくこさんは時折店の前にあるレストランや、家に帰る時は自宅でご馳走してくれる。

それでもなかなか店員にはなりきれない……　全然なれなかった。

一ヶ月はあっという間に過ぎたが給料は貰えなかった。借金と棒引きでゼロ。

二ヶ月目の給料を前借りせざるを得ない。

――マンマミーア！　何とかしなくては永久に差し引きゼロの生活を抜け出せない……

再びスペイン階段へ

お昼のご馳走を辞退してはスペイン階段へ行くことが多くなった。ローマの長い昼下がり、何かがあるとすればスペイン階段だ。特別な理由はなかったがそう感じた。いや、他はどこも知らなかった。

日本人らしからぬ日本人がひとり、石段に黒い布をひろげ銀色のブラスレットを売っている。インドで仕入れて来たというそのブラスレットは、他の連中が売っているものとは趣を異にしている。そして、日本へ帰るため店じまいをしたがっていた。

前借りした給料をほとんど注ぎ込んで店（黒い布）ごと買った。シーズンもそろそろ終りだというのに……　一か八かの賭けだ。銀色に輝くブラスレットも売れなければ腹の足しにはならない。失敗したときのことは考えずに気楽にいくことにした。

――他にどうしろってんだ！

「私は革製品の店員になるためにローマに来たのではありません。時間があったらギターを練習したいので昼の休みはびっちり休ませて下さい。閉店の時刻には即刻帰らせて下さい」

こんなことはとても言えた立場ではなかったが、メアリーが示してくれた労使関係を心の支えに、きくこさんに相談した。彼女は快くＯＫしてくれた。

「こんな店員、店にいてもらってもジャマなだけ！」と思った……のカモ。

こうして私はローマの長い昼休みと夜、再びスペイン階段のモノ売りとなる。食べれなくなったムチャおいしい昼食が少々残念。だが、辞めていったメアリーのように昼休みを待ち構えて消え去る私を、他の店員が快く思うはずがない。ましてや私は、無一文だから拾ってもらった……らしからぬ店員なのだ。きくこさんが私の代わりに、私が言った通り弁明しているのが聞こえてきた。

「すみません！ ギターの練習のためというのは本当ではありません（間接的には本当）が、店員しに来たのではないことは確かです。悪循環を断ち切るために！」と心の中で詫びた。

ブラスレットは飛ぶようには売れなかったが食費（といってもピザを何回かかじるだけ）はなんとかなった。

それに面白かった。いろんな人々が現れては消えていく。束の間の友達になったり、ナント、この私に（！）恋する瞳が現れたりもする。日本人好きの変なガイジンだったり、変な日本人好きのまともな日本人だったり、ぶっ壊れたギターをビスで直し、かき鳴らしながら……とにかく楽しかった。

「アラ、日本人だわ」と言って、避けて通る日本人のお嬢様達もいる。

——淑女危うきに近寄らず……カァ〜〜

あるサラリーマン氏は親しく声をかけてきたが、借金返済のための現状を話すや声も無く消えてしまった。

——訊かれたから話したまで、たかるつもりなんかありませんよッ！　テンダ……

こんな日本人を見ると決まって、あの夜お金を受け取らない私に憤ったドイツ人カップルのシルエットが浮かぶ。名前を知らないから日本人、名前を知らないからドイツ人と書いたが、人の生き方は国籍に大して関係ない。

「そいつぁ大変だなぁ、頑張れよ、アンチャン！」と言って十数個、ボンとまとめて買ってくれたオッサン達がいた。が、「東北のやくざ」を名乗る彼らの「アンチャンよぉ、ハジキ買うとこ知らねえかなぁ」という問いには、喜んで教えてあげたいところだが返答に困った。

——そんなの知っていたら、借金だらけの店員生活なんてしているわけないでしょッ！

哀しみのギタリスト

ある日、かなり年配の女性が、スペイン階段のすぐ横にあるホテルの一室に私を招き入れた。確かアメリカ人だったと思うが、カーテンを閉め切った薄暗い部屋にギターケースがあった。

彼女は紙切れに何かを書いて、「これを練習しなさい」とよこす。それには「ヴィラ＝ロボス、十二のエチュード」と書かれていた。何のことか分からない。
――ヴィラ＝ロボス？　知らない。練習曲！　全然興味が湧かない。

後日その中の一曲でも満足して弾けるよう、死に物狂いの練習が始まろうとは……夢にも思わなかった。

ギターを弾いてみせてはくれなかったが、物凄いギタリストのような気がした。ただ、何故かとても哀しそう……　何らかの理由で弾けなくなったギタリスト、そんな思いがチラッと脳裏をかすめた。

酔っ払い

悲喜こもごもの人生を抱えて若者はスペイン階段にたむろする。

いつも酔っ払っている体格のいい金髪の青年がいた。彼も盗難に遭って無一文、家からの仕送りを待っているというオーストリア人。

「オーストリア」ってどこにあるのか、はっきりとは知らなかったが、オーストラリアと勘違いするほど無知ではない。

とにかく彼は、無一文のくせしていつも酔っ払っている。

「困難のただ中にある人には救いの手を！」という人々がいることは我が身で充分経験済みだが……何もここまで……

この酔っ払いが、後日岐路に立った私の運命を決定する最大の要因になったばかりか、「ゆうれい」のようになって彼の前に現れた私に計り知れない援助をしてくれるとは……知る由もなし。

一斉取締り

この私の人生に、そもそも運命なんていう大袈裟なものがあるとは思えないが、何となない流れでも突然変えられることがある。思い悩んで変えることもある。

泥棒の次は酔っ払い、
これが私のウンメイにとっての
決定的ファクター！

決定的とはいえなくてもチョコマカしたファクターは多々ある。

「きくこ」が休みのある日、何かの用でスペイン階段へ来るのが夕方となった。シーズンオフが間近といえども、いつもならまだまだ結構いるアクセサリー売りの若者達がひとりもいなかった。全員揃って店じまいするにはチョー早過ぎ。何か面白いことにでも参加しそこなったような、ヘンチクリンな気持ちで階段に座っていた。

夕日に街灯の明かりが取って代わる頃、ポツリポツリと馴染みの連中がやって来た。いや、やって来たのではなく、帰って来たのだ。それもケイサツから！

この日の昼下がり、階段の上から、下からと同時に攻める警察の一網打尽、袋のねずみ作戦が展開されたという。

知っての通りスペイン階段は上下を塞がれたら逃げ道がない。もちろん私はこんなことがあるまで逃げることなど考えたこともなかったから、知ってはいなかったが……

一斉取締りにもれた私は安堵して階段に座り直した。

捕まって強制送還にでもなっていたら、決定的どころか「終末的ファクター」になるところである。

アリヴェデルチ

「きくこ」での二ヶ月が過ぎ、給料は再び差し引きゼロ。だが、三ヶ月目は前借りしなくてもよかった。まだインド直輸入のブラスレットとスペイン階段がある。生活費はその売上げでナンとか……するしかない。

旅行者からインスタントの味噌汁をもらったが安ペンションにはお湯がない。器に粉末と冷たい水を入れ、思い切りかき混ぜ即座に飲む。懐かしい味がハラワタにしみ込んだ。

また、ある商社マンらしき人からはご馳走になった上、

「何とバカなことをしてるんだ。早く日本へ帰って技術者としてやり直しなさい！」

と、ありがたきご忠告までしていただいたが、「馬の耳に念仏」……　ソウ、「バカな人生」とかを一度してみたかったのだッ！　……　「人生二度あり」とでも思っているのか……

そして、三ヶ月目が終り、初めて丸残りの給料をそのまま手にする。そこできくこさんに深くお礼を述べ、「ローマの休日」に終止符を打った。

アリヴェデルチ、ローマ……　チャオ、ベッラ　ラガッツァ！

水の都ヴェネチアでちょっと休養した。車の騒音もなく、ゴンドラがゆっくりと行き来する静かな都。太陽が黄色く見えるほど疲れていた…… 休日の後に疲れが出るなんて、どこぞの国の人みたい。いや、「休日」中のお粗末な食事のせいかな……

ドロボー

その後、早朝のミラノ駅に着いた。出発を待っているのか、夜行の疲れを癒しているのか、大きな待合所には結構多くの人が休んでいる。私の向かい側の長いすに学生らしき若者が横になって寝ていた。尻のポケットからは、「盗って下さい」とばかり財布が覗いている。

「ここはイタリアだというのに、ナント無防備な」と思えるくらい私は「成長」していた。

そこへ、まさか、本当に泥棒氏がやって来て財布を抜こうとした。いくら早朝とはいえ、見ている人もいる前で何たる図太い神経！ 自分の全財産を盗った奴だと思ったわけではないが、私は反射的に立ち上がって若者を揺すり起こした。

「何のんびり寝てんだよォ！ ドロボーだよォ！」

「オー、アンタの友達ネ、ゴメン、ゴメン」

と泥棒氏はニコニコ言いながら去って行った、が、十メートルと行かないうちに次の獲物に手を出している。私はこれ以上オシゴトの邪魔はできず、ただキョトンと眺めていた。被害を受けかけた若者は、何があったのかよく分からず寝ぼけ眼でボケーとしていた。

「ドロボー」といえばそれから十年くらい後の出来事だが、彼女と休暇を過ごすため、旧ユーゴスラビアの島に向かう途中、ある町で宿泊した。夕食後宿に帰ったら、かけて出かけたはずの部屋の鍵が開いていた。部屋に入って鍵をかけようとしたがかからない。宿の人に……と思ったが、静まり返った薄暗い部屋の外は不気味に拒否し、真夜中の訪問者を予告していた。

来る途中の列車の中、彼女のハンドバッグが消えているのに気がついた。即刻ドロボーの追跡を開始したが、最初にドアを開けてみた洗面所に中身を周りに散らかしたハンドバッグがあった。どうやら単なるコソドロだったらしく、パスポートもちゃんと置いてあった。金目のものがなく頭にきて、捨ててしまわなかった泥ちゃんに感謝した。まさかその夜の、起こりつつある出来事への警告だったとは……

閉めたドアに椅子を逆さまに立て掛け、一・五リットル入りのコーラを飲み干し、空になったガラスの瓶をその上にのせて寝た……　午前二時過ぎ、椅子の倒れるけたたましい音、ゴロゴロゴロッと転がる愉快なビンの音に飛び起きた。ドアの向こうで待つ訪問者の襲撃を予測することもなく、即座にドアを開けて部屋の外を見た。薄暗い廊下にはネズミ一匹見い出せず、相変わらず不気味に静まり返っていた。

夜行列車

ミラノから何故かさらに北へ……　半年ばかり前、夏に向かって南下していたのに、今は秋風が強まるにしたがって北上している。何か歯車の噛み合っていない、ギクシャクした運命を呪っても仕方がない。自分が何をしたいのか、何をしようとしているのか、全く分からなくなったことがキリキリと胸を締め付ける。

「差し引きゼロ」を抜け出さなくては、と思いつつ過ごしたローマは楽しかった。
ローマを目指して、車を「押しかけ」しながら走って来たとき、
アフリカに上陸し、サハラに向かったとき、
ロンドンから意気揚々とアフリカに向かったとき、
日本を出てから一応スペインを胸に描きながらロンドンに向かったとき……
これらのすべてが楽しかった。

真冬のような寒さにガタガタ震え、
イタリア北端にあるコモ湖を見つめていた。

湖面は冷たく凍ったように
静けさに支配され、
ピクリともしない。

リラでもらった一ヶ月分の給料では一週間ももてばいいとこだろう。額面ばかりが大きいリラのおかげで誤算でもしていたのだろうか。
このままスペインへ向かったら、辿り着く頃には多分スッカラピンだ。
迷っても、考えても無意味だった。プログラミングのしようがない。仮定も、前提条件も、入力データも……　何もない。金無し、アテ無し、夢無しは、前提条件なのか入力データなのか……真剣に考えて時が流れる。

微動だにしない目前の湖面は、
空回りする思考を吸い取る白紙のまま……
暗闇の中に湖面が全くかき消される寸前、
水面が微かに波打ち、
思いがけずスペイン階段の酔っ払い、
ルーカスの声がした。

「リラで稼いだってバカバカしいぞ、オーストリアへ来い！」


いつの間にか彼がくれた住所を手に、夜行列車に乗っていた。

西ではなく東に向かって！

すでにすっかり雪化粧をしたアルプスの山々が、月明かりにくっきりと浮かび上がり、ゆっくりと後方に移動してゆく。


この冷え冷えとした景色は一体何なんだ……

情熱と哀愁のフラメンコは！

スペインは……どうなったんだ！


どうして反対方向に向かっているのか分からない。ただ思いも寄らぬ方向に、どんどん速度を増しつつ流されてゆく……　どっちみち方向をコントロールできる人生なんか、あるわけない……か。

冷たく見下ろすアルプスの山々を縫って、いつまでも夜明けの来ない夜行列車に乗ってしまったことを……この時はまだ知らない。

音楽の都で夢を見る

十一月上旬のある日の早朝、ウィーン西駅に降り立った。

ここがまさか永住の地になろうとは
この地でまさか最高に舞い上がり
その後まさか生き地獄に叩き落され
この果てなき、あてなき旅人が
まさか閉じ込められた狭き空間で
まさか迷路を彷徨う夢遊病者になろうとは……

ゆうれい

駅にはツーリストインフォメーションも見当たらず、人聞きに可愛らしいチンチン（ナンの音かは忘れたが）電車に乗ったり、歩いたり、どこをどう探しまわったか覚えてはいないが、ルーカスの居場所を突き止めたのは午後も半ば頃だったろうか。

そこは「ホート」という職場、小学生が放課後、親が迎えに来るまで学校の宿題をしたり遊んだりするところ。地方から出てきたルーカスは、その子供たちの先生兼世話人として住み込みのアルバイトをしていた。

ナント彼はその日、ローマから戻って来たばかり！　私より一足先にウィーン着。随分とスペイン階段で私を捜したらしい。こんなことなら一緒に来ればよかった……

そして夜は……もちろん彼らと酒盛り、夜も更けてお開きとなり……私はホテルに送り込まれた！　職場の一角にあるルーカスの部屋には規則上泊まれない。とりあえずは居候を、と思っていたのに……　その後数日、寒空の下、ユースなどを転々としたが、私の落着き先探しを知ったとてつもなくチャーミングなルーカスの同僚が言った。

「私ンとこへおいで」

――ドキッ！　とした胸を抑え、かろうじて平静を保ちつつ、ノコノコとついて行く。

学生寮に入るまでの何週間か、彼女のところに居候……　物静かな亭主と二人暮しの小綺麗なアパートだった。

恋心ほど理不尽なものはない。相手に彼氏がいようと、亭主がいようと、フリーであろうとなかろうと、全くおかまいなし！

だが、「ゆうれい」を相手にホンキになる女性《ひと》はいない……

後日ルーカスが、からかい半分にか知らないが私によく言ったものだ。

「お前がここに来たときは、まるで幽霊のようだったぜ！」

きくこさんご招待の豪華な昼食を辞退して以来、ろくなものを食べていなかったのは想像できるが、自分で鏡を見ることはなかったから真偽のほどは分からない。鏡を見ても映らなかったかも……が、

――脚があるのに「ゆうれい」はないだろ！

ギターで稼げ

それから何日も経たないうちに、居候先にルーカスがやってきて言った。

「お前、金を稼ぎたいんだろ。ギターを持ってついて来い」

偉そうな銅像がいくつか立っている大きな公園、「どこでもいいからその辺に座って弾け」と言う。

すでに十一月も半ば、冷たい空気の中で指がかじかみ一時間ちょっとしか弾けなかった。

ウィーンが北海道最北端の緯度にあるのを知ったのは後のことだが、天気がいいのに随分寒いところだな、と思った。

しかし、驚くべきことに、つぎはぎだらけのギターケースの上に結構お金が入っている。それまでギターを弾いて稼げるなんて思ってもみなかった。いや、あの銀色のブラスレットが何とか売れたのも、ギターを弾くことで人寄せをしていたからかも知れない。何故ローマで借金をしながら、したくもない、できもしない店員なんかをしていたんだろう……

――それにしてもこんないい方法があろうとは！　「芸は身を助ける」とはこういうことか。だが、外でギターを弾くにはもう寒すぎた。

――よおし、春が来たら！

九区の学生寮、管理事務室で入寮許可が簡単に出た。

ロンドンで作成した国際学生証を、「この紋所が目に入らぬか！」と力むことなく提示しながら、「日本では電気工学の学生だが、ドイツ語を勉強しにウィーンへ来たゆえ（またまた口から出まかせ）住まわせてはもらえないだろうか」と言ってみただけ。

まずは四人部屋の住人となって他の学生に迷惑をかける。やがて管理事務長からのお呼びがあり、「音楽は美しくて結構だが、ほどほどにしないと他の学生が勉強できんと苦情を言ってるぞ！」と、追い出しをほのめかす。ならば一人部屋に入れてくれるよう言ってみたが無駄だった。一年毎にひとりずつ減り、一人部屋に入るには三年待たなければならない。間もなく冬が来た。いや、かなり前から冬だった。

他の三人が部屋に寄りつかなくなったのを幸いにギターを練習する。

――春になれば！　と、「獲れそうな狸の皮算用」をしながら……

アルバイト

どう知り合ったか覚えていないが、ウィーンでひと稼ぎして旅を続けるという、同じ志を持った日本人T君、これはと思うアルバイトを見つけてはやって来る。

ある雪の積もった朝、息をはずませ彼が部屋に飛び込んできた。

「道路の雪かきが結構いい収入になるぞ！」

ウィーンの寒さは生易しくなく、半ば凍った道路をガチガチやるのはかなりシンドイ、が、しようと思えば結構息抜きのできる仕事、カナリの収入になった。次の日の早朝、新たに雪が降ったわけでもないのに、まだ雪かきをするところがあるから（ちょっと息抜きしすぎたかな……）、と叩き起こされた。前日の収入でトーブンは暮らせるから、とまだ眠りたかったが、親方自らお迎えに来たからには行かないわけにはいかない。
その夜T君と一杯やりながら、たった二日間で稼いだ額を基に、
――春までにゃ俺タチャ大金持ち！
笑いが止まらなかった……が、

ウィーンの冬は永遠に灰色
来る日も来る日もひたすら灰色
朝から晩まで灰色
何から何まで灰色
一度凍ったら最後
路傍の雪は春が来るまで決してとけない
滑り止めに撒かれた砂ジャリをかぶり
薄汚れたまま春を待つ

すべてが乾燥していた。氷点下なのに道路が常に乾ききっているなんて、北陸育ちには信じられない。

――大陸性気候を知らないのか！

目を覚ますやまず外を見る。何度も雪が積もっていると思って跳ね起きた。錯覚だった。乾ききった景色が白い雪に見えただけ。

やがて二月が来て、時は雪が降らないまま過ぎてゆく。長いはずの冬がこの年に限って極端に短かった。三月には路傍の黒ずんだ雪もとけて土埃だけが残り、小春日和の暖かさに、止まらなかった笑いはとっくの昔に失せて、青ざめた苦笑いだけが残っていた。

T君がまた仕事を見つけてきた。各建物の戸口へのチラシ配り。大きな建物の場合は大変だ。入り口の郵便受けを見ておおよその戸数を見積もり、その分のチラシを持って階段を駆け上り、各戸口に配って回る。

ある大きな建物で配りながら階段を駆け上り、最上階の最後のドアの前でチラシがなくなった。見積りを多めにするか、最上階から配るべきことを学んだが後の祭り。

――誰がこの一戸のために下まで取りに行くもんか！

次の建物を配り終えて、外へ出たところでコントローラーだという男が現れ、前の建物の最上階まで連れて行かれた。

「どうしてここを配らなかったのかねェ、キミィ！」

――ケッ、人の尻にくっついてまわる暇があったらテメェで配りやがれ！

かくして時間の浪費としか思えないこの仕事は、ホンノ何回かで辞めてしまった。

信じがたく早い時期に行ってしまった冬は二度と戻って来なかった。
春のそよ風と共にふくらんだ財布を持って去るはずだったのに、スッカラピン。

ウィーンよ、ウィーンよ、
何故お前はそうまでして
私を引き留めるのか！

と格好良く呻いてみたが、「金が貯まらず旅立てないだけ」という現実は覆いようがない。

歩行者天国

ギターを持って、あの寒さに震えて弾いた公園に出かけた。そこはウィーン市立公園。ひとりのおばあさんが近づいて来て一枚の写真を差し出した。地べたに座ってギターを弾いている私が写っている。冬の間中この公園を散歩するとき、忘れずに持ってきたのだろうか。もう一度ここで、私と出っくわす保証などまったくなかったのに……

人間は欲張りである。

初めてのときは「こんなにたくさん！」と思ったのに、何度もしないうちに「ナンカ、少ないなあ」と思うようになっている。

公園を見まわす。ポツリポツリと人が来ても、ベンチに座ったまま動かない。

人の流れないところ経済は繁栄しない。

寮への帰り道、ウィーン随一のショッピング街、歩行者天国ケルントナー通りに出た。人は洪水のように流れている。

——ここだ！　ひとり一シリング落としても……　と、電光石火の皮算用！

やがて、四人部屋の私の机の上は積み上げたコインのみならず、二桁を数える二十シリング札、何枚かの五十シリング札……　百シリング札が初めて舞い込んだときなど、

——ちょっとお客さん！　お間違えでは？　と、声をかけるところだった。

ほとんどないと言ってもいいくらい少ないレパートリーが功を奏した。二、三曲弾いて「今日はこれでおしまい」とばかり帰り支度をする。人垣がなくなるとまたおもむろに弾き始める。

経済繁栄のためには人を滞らせてはいけない。

コインを数えながら飲むビールの味はまた格別なり。煙たがっていた同室の学生も「何か手伝うことあるか？　次は一緒に行ってやるぜ」と申し出る奴がでてきた。

あるナイトクラブのマネージャーだという男が声をかけてきた。夜、ショーの合間に舞台で弾く。舞台監督が「ノー」と言った。ストリップの合間にしては「アカデミックすぎる」そうな。毎晩ショーを見ながら仕事ができると思ったのに「ザンネンムネン」。

飲み屋のオヤジが店で弾けと言った。弾いたけど酔っ払いのおしゃべりがうるさくて不愉快だった。ウィーンの酒場に合った曲なんか知るはずもなし。

習いたいという人も現れた。これがギターで初の定収入への道となる。

声をかけてくる様々な人々の中に運命の声、

「ウィーンは世界的に有名な音楽の都だよ。ちゃんと勉強したら？」

どんな人がどんな顔をして言ったのか覚えてはいないが、頭の隅のどこかに引っ掛かったようだ。

制服のお巡りさんが来た。

「キミィ、こうゆうことやっちゃイカンのだがね……」

人垣から反論の声があがる。

「音楽のどこがイカンのだ！」

「歩行者天国は何のためにある！」

「音楽を通して人々が交流することのどこが悪い！」

お巡りさんは帽子を取り、額の汗を拭きながらか細い声で言った。

「スミマセン、規則ですから……」


ある夜、パリッとした背広姿の紳士が二人、チラッと何かを見せるや私を路地裏へ連れて行き、パスポートの提示を要求した。私服警官だ。そのうちのひとりがズボンのポケットからクシャクシャな紙を取り出して、パスポートを見ながら何かを書き写す。紙のボロさから「この場のみの脅かしだ」とは思ったが、しばらくはイヤーな気分が続く。

そのせいかどうかは分からないが、何故かその後まったく通りで弾くことはなくなった。

とっとスペインへ行きやがれ！

「ウィーン国立音楽大学」、漢字を使った日本語だから大して長くはないが、オリジナルのド

イツ語版ではやけに長ったらしい名前。（「音楽」の後に「および舞台芸術」の語が入る）

いつのまにか調べていた。「ちゃんと勉強したら？」という声に引かれてかどうかは定かではないが、とにかく外国からも大勢留学に来るという音大を！

ギター科の教授は二人いて、ひとりは演奏家肌、他方は学者肌だという。演奏家が自分に向いていると思う理由は全くなかったが、ガクシャは敬遠したいという気持ちはあったと思う。

入試は十月二日、ダメで元々、受けてみるか。スペインはその後でもいいさ、と思いながらルイゼ・ワルカー教授のクラスに決め、準備を始めた。

入試課題は音階とバロック時代あたりの、とにかく古い時代から一曲、それからもうひとつ何かがあったが覚えていない。ワルカー教授編纂のなるべく薄い一冊を買ってきて、その中のバッハのなるべく短い一曲を練習した。

当時私は伝統的なフラメンコスタイル、つまりギターのボディーの大きな方のふくらみを、座った右足の腿の上に置くスタイルで弾いていた。バッハを弾こうが、タルレガを弾こうがギターの構え方を変えるつもりはなかった、というより構え方など考えてみてもいなかった。ところが、ワルカー教授のクラスの学生をつかまえて助言を求めたとき、弾きもしないうちから私の構えを見ただけで、西欧人特有の大ゼスチャーをまじえて叫んだ。

「とっととスペインへ行きやがれ！　その構えを見ただけで落とされるぜ！」

――構えただけで落とされてはカナワンなあ……

と思い、足台を買ってきてクラッシック正統派スタイルに切り替えた。ギターの位置がやけに低くなる。

サンダルの音も高らかに

ヨーロッパの大学の夏季休暇は長い。七月から三ヶ月間、学生のいなくなった寮は旅行者の宿泊施設に変身する。帰省先もなく、身寄りもいない私は仕方なく、月五倍近くにもなる部屋代を払い、最上階の奥まったひとり部屋で落ち着いて練習することができた。(ホントは宿泊するカワイイ旅行者に目移りし、大して落ち着けなかった……とも言える)

まず、随分低くなったギターに慣れなくては……

日本からこのウィーン国立音大を目指して来る人は、たいてい師事したい教授にコネがあるとか、日本の某音大卒だとか、キャリアのあるプロ並みの人だとか、入って来る情報はどれもこれも私には縁遠いものばかりだった……とは言っても、楽譜も足台も買ったことだし、何もしないでこのまま引き下がるわけにはいかない。しかし、ただ入試を受けても、恥をかくだけに終わることがかなり明らかになってきた。

とんでもないことを思い立ったものだ、と思ったついでに、更にとんでもないことを思い立った。

――音大出でもないし、路上で稼いだ以外キャリアもないし、残された道はコネをつけることしかないなぁ……

公衆電話の分厚い電話帳をめくって教授の名前を探す。

いきなり電話をしたら、いきなり教授本人がでた。いきなりあせって、

「入試を受けたいんですがぁ……　一度会ってもらえませんかぁ……」

と、シドロモドロに申し出た。夏休みで暇を持て余していたのか、いきなり「明日おいで」との返事が返ってきた。

ボロボロのフラメンコギターをボロボロのケースに入れ、顔は一面不精ひげにおおわれ、腰にまで達せんとする長髪をなびかせ、木製サンダルの足音も高らかに、クラッシックギター界超一流ギタリストの自宅を訪ねた。

小柄なおばさんがニコニコと迎え入れ、木製の足台を出し、「さあ弾いてごらん」とうながす。

「このスタイルまだちょっと慣れていないんですけど」と思いながらも準備中の曲を弾いた。いや、弾いたとはいえないぐらい短かった。最初の二、三小節も弾かないうちに、教授は両手

で耳をふさぎ「ファルシュ！　ファルシュ！」と叫んだ。

一体何が悪いのか分からなかったが、止めるしかない。

「恐れ多くも名ギタリストの前で、ギターを構えるなんて百年早いワ」と遅ればせながら恥じ入ったが、かといって「はい、さようなら」では余りにも失礼すぎる。

「日本にいたときは趣味で若干フラメンコを弾いていたのですが、もし機会が与えられるならここでギター音楽を正しく学びたいのですがぁ……」と言ってみた。……これは全く「口から出まかせ」とは言えない。

「ソンナラ、好きな曲を弾いてごらん」と教授はチャンスをくれた。

私は足台をどけ、慣れたスタイルで好きな曲を若干弾いた。教授の態度が変わった。最初にドアを開けて私を招き入れたときの笑顔に戻り、何年勉強できるか、どこに住んでいるか等の質問の後、「試験には好きな曲を弾いてもよろしい」とまで言ってくれた。

——構えを見ただけで……　耳をふさがなかった！


帰路のサンダルは一層高らかに鳴り響く。

数秒足らずの入試

入試当日、試験室前の廊下や階段は受験者で溢れていた。ピカピカのギターでパラパラと指慣らしをしている。一歩踏み込んだだけで気後れがした。自分のギターを出すどころかケースごと隠してしまいたかった。非常に「場違い」なところにいる自分を感じ、指慣らしどころか、いつ、どう逃げ出すかを考えた。そこへ、通りかかったワルカー教授が「グーテン　ターク」と、私とだけ(!)挨拶を交わした。試験開始直前、教授が部屋から出てきて私を手招きし、名前を尋ね、リストをチェックし、うなずいてから部屋に戻った。そんなことをしたのは私にだけ、望みが出てきた。

——逃げ出さないでよかったぁ〜

試験が始まり、否応無しに私の番がやってくる。ボロギターでもボロケースから出さざるを得ない。どんな部屋で、何人の教授が、どんな顔をしていたか、上がっていたためか全く記憶にない。

音階を弾いてから好きな曲を、と思い……が、音階を弾き始めるや否やワルカー教授の声が飛んできた。

「もういいから、出てってちょうだい！」

弁明の余地なく部屋から出るしかない。

——好きな曲を弾くチャンスすら与えてくれない！　試験前わざわざ俺の名を確かめたのは一体何だったんだ！　何者なのか分からなかったのは、俺だけだったからなのか。そんなはずはないが、何故こうも気変わりしてしまったのか。

弾かせてもくれなかったショックにサンダルの音も重く、寮への帰路、知人のところに立ち寄ってスペイン語の入門書を借りてきた。

——アディオス、アウストリア！


翌日は秋晴れの気持ちのいい日。

試験を受けた気はしなかったが、顔を出したからには一応結果を確かめようと散歩がてら音大へ赴く。教授が二人しかいないギター科の合格者リストは短く、瞬時にしてすべてを見渡せる。自分の名前があるかどうか、あのハラハラ、ワクワクして探すスリルはない。あって欲しいと必死に探すのではなく、「どうせないに決まってらぁ」と一瞥しても見落とす心配はない。

そして、見落とさなかった。

——あったぁ！　俺の名前があったぁァ〜〜

何も弾かずに合格！　この世は「コネ」で動いているゥーーーッ！

秋晴れのすがすがしい青空に感謝した。
どしゃぶりの雨だったら、
きっと見に来なかっただろう。

どちらから?

今やウィーン国立音大の「本物の学生」になってしまった。「無知は力なり」と何かの本で読んだことがあるが、私の場合は更に「無恥は力なり」を加えたほうがよさそう。兎にも角にも人生で最も輝かしい瞬間!「この世をば、我が世とぞ思う望月《もちづき》の……」なんて詠いたい心境。

日本からわざわざ腕を磨きに来た音大卒でもなく、演奏のキャリアがあるわけでもなく、この出発地点が、およそ初心者の域を越えてもいないというのに、まるでもうギタリストにでもなったような最高の気分……　人は有頂天のとき最も思慮に欠ける。「過去なしに未来なし」、「生半可な芸は身を滅ぼす」ナンテ思うはずもなし。

ポッカリと口を開けた蟻地獄が

足を踏みはずして落ち込む私を
今か今かと待っていることなど
知る由もなく

れっきとした本物の学生生活が始まる。それも、思いもよらぬ オンダイ の！ 音階だろうが、練習曲だろうが与えられた課題を一生懸命練習した。好きにはなれない曲も練習した。以前からクラッシックに属する曲でも二、三練習してきたが、概してクラッシックと聞いただけであまり興味が湧かなかったのは「食べず嫌い」、いや、学校で学ぶ「音楽」なるものに対する「毛嫌い感」を植えつけてくれた音楽教師——木琴の玉付き棒で頭を打つ小学校の、二輪の爆音高く学校に乗りつけ、不良もビビる中学校の、さらに、ナヨナヨと歩き、キモイ声で笑う高校の、十二年にわたる各音楽教師達のおかげかも……

ゼンゼン弾けるようにならなくても、どうしてなのか深く考えることなく「どんな曲でも練習すれば弾けるようになる」と練習に励んだ。ともすれば、俺はフラメンコが弾きたいんだ、と弾けないことの弁解をする。フラメンコを弾いて音大に入ったことが更に、フラメンコは弾ける、という思いを強くしていた。弾けもしないくせに「弾ける」というその思い込みが、何故弾けないのか、と考えることを邪魔し、ひたすら練習することのみに駆り立てる。

趣味だったとはいえ、十年ちかくも大した効果なくフラメンコを練習し、このときもまたクラッシックを、大した効果もなく練習している。

——効果のない練習ならしないほうがマシだ！　と、どうして考えられなかったのだろうか。

それはフラメンコもクラッシックも関係ない。


ある日、音大のメンザで日本人学生とおしゃべりをしていた。

誰かが私に訊いた。

「アンタ、どちらから？」

「ハァ、ニイガタからですガァ」

一瞬座がシラケル。どうしてだかその場では分からなかった。どこの音大出か、と訊かれたことを知るには少々時間がかかった。ニイガタ音大ッテナカッタッケ……


再び、「場違い」な存在を我が身に感じる。


「場違い」といえば、入試会場に足を踏み入れたとき以上に強烈に感じたことがある。「逃げ出したい」なんてもんじゃない。その場でドロンと消える忍者にでもなりたかった。

スペイン階段で「銀色のブラスレット」を売っていたとき、ドイツから来ていた高校生の集団が毎晩私の周りにたむろするようになった。彼らがドイツに帰るという前の晩の別れ際、ひとりの若者が住所を渡しながら言った。

「あの娘《こ》が是非手紙をくれってさ、忘れずに書いてくれよ！」

彼が指差した先には、スラリとした娘が街灯の明かりを背に立っていた。何回か話をしたはずだがシルエットからはどんな娘《こ》か分からない。ただ、自分で言えずに友達に頼むなンぞ、そのシャイな純情さに心惹かれた。こと「ガイジン」はひたすら積極的という先入観があったためか、ことさら深く心に残った。（ン、ここはイタリア、自分こそガイジン！）

思うに、想いを寄せられているのに気がつかず、無視したことにフカーク後悔したこともある。私の運命を変えていたかもしれないのに……（注！　ビデオどころかテレビすらなかった時代に、山奥の村で幼少期を過ごした前世紀人の鈍感さである）

とにかくウィーンに落ち着いてから忘れずに手紙を書いた（はず）。内容どころか、書いた覚えも今はないが、イースターの休暇を家族共々過ごしている避暑地の別荘に招待された。

……歩きながら、長身の彼女と父親に見下ろされ、日本でのことなど訊かれたことがチラーッと浮かぶ……　別荘に入って、迎えた人々のツメターイ視線……　どう使うのか分からない、食卓に並べられた何種類かのナイフやフォーク……

彼女の顔を見ることすらできず、ホント、呪文を唱えて「ボッ！」と消えたかった。

スペイン階段ではズーッと座りっぱなしだった私、お互いに「背比べ」をしなかったことが最大のミス。身も心もスペイン階段の物売りのままの私、片や別荘で休暇を過ごす裕福なドイツ人家庭のお嬢様……「身の程知らず」もイイとこ。

往復十数台のヒッチの旅……　行きはワクワク、帰りはガックリ……

テキヤとニューギター

クリスマスも間近い土曜日の午後、散歩がてら「ノミの市」に行ってみた。

日本人が二人、トルコで仕入れてきたという手袋を売っている。何種類もの原色を織り混ぜた、かなりケバケバしい毛糸の手袋。ただ、そのオリジナリティが受けてか、押すな押すなの大盛況。飛行機でイスタンブールへ飛び、わざわざ仕入れてくる奴が出てきたというから、その売れ行きは前代未聞に違いない。

あまりに忙しそうなので私も手伝った。

彼らを人はテキヤと呼ぶ。通常針金やビーズなどを自分で細工し、ブラスレットなどのアクセサリーにして路上で売っている。

材料はトルコなどムチャ安い国で仕入れ、リュックに詰め込み、その上に下着などを載せて国境を越える。列車の切符は、例えばミュンヘンまでを買う。オーストリアはただ通過するだけの国、と思わせることで荷物検査などはほとんどされないそうだ。その材料を組み合わせ、ちょっと細工し（もちろん手先の器用さ、センスの良さ、製作時間は必要）、製品にすることで原価の何十倍という値がつけられる。一度やったら止められないくらいボロモウケをするらしいが、見かけからは想像もつかない。

ちなみにこのトルコ製の手袋、翌年のクリスマス前にはウィーンの店頭に並び、「ノミの市」は新製品を売るところではない」との理由で、「ノミの市」での販売は禁止となった。

夏休み、学生寮が旅行者に開放されると、私の住む寮にテキヤの連中が常に二、三人は逗留するようになった。

風が吹いたら倒れてしまいそうなガリガリの背高ノッポ、ゴリラを縮小したようなタフガイ、弾き語りが魅力的な優男、ボロボロになったお嬢様くずれ。いろんな奴が、いろんな歴史を抱えて私の周りに出没した。

彼らと一緒のときはとても楽しく、間違っても「場違い」な思いはしなかった。

ハッシッシ、マリファナ、ＬＳＤ……

「鳥になったと思って二階から飛び降りた」とか、「鏡に映った自分の顔が鬼に見えた」とか、知らなかった世界が伝わってくる。だが「私にはギターがある」、そういう世界に深入りはしなかった。……浅くは入ったということ……　ン、深入りしなかったことが「人生最大の誤算」だった……カモ。

ある年の夏休み、スペインへ行ってギターを買った。見かけはクラッシックギターと言えないこともないが、ゴルペ板を貼ってあったからフラメンコギターに違いない。

泊まったマドリッドの安ペンションに、ひとりの絵かきを中心とするテキヤのグループがいた。私の滞在中のある朝、そのうちの二人が真っ青な顔をしてモロッコから帰って来た。ハッシッシを一キロ買い、それをまとめて持っていた絵かき氏はいくら待っても税関から出て来なかったという。一グラムにつき一日の刑務所入りだから千日はぶち込まれると慌てふためき、「手入れ」をおそれて早々のとんずらを相談していた……が、その日の夕方、絵かき氏が悠然と帰って来た。氏いわく、

「買ったばかりの新品のラジカセをさァ、此れ見よがしに持ち込んだらさァ、関税を払え、払えって役人がうるさくて、参ったよ。でもさァ、なんとか粘り勝ちしてさァ、お茶をご馳走になっていたんだ。おかげで夜行列車に乗り遅れてしまったわさ」……「たいしたものだ」とただただ感服するのみである。

新品のギターを持ってバスでドイツに入った。国境で役人がバスに乗り込んで来る。一人一人念入りにパスポートをコントロールして、遂に最後部に座っていた私のところまで来た。何故か私のパスポートを一瞥するや持って行ってしまった。

——ナッ、ナンデェ〜　他に怪しそうな奴がいっぱいいるのにどうしてオレのパスポートだ

けェ〜　日本人ってフツーどこでもスムーズに通過できるのに……　まあ、オレの見かけはフツーとはいえないか……

間もなく役人が戻って来る。私はバスから降ろされ、荷物を全部持たされ事務所に連れて行かれた。

──アチャー、新品のギターがあるのにマズイなあ……

ケースを開けたらプーンと木の香りがする。言い逃れのしようがない。

「キミィ、どうして申告しないンだね。関税を払ってもらうよ」

本当のことを言うだけだったから、マドリッドの絵かき氏のようにクソ度胸は要らない。

「余はウィーン音大ギター科の学生であり、ギターは必需品であるゾヨ。売るために買ってきたのではござらん。更に貴国は通過するのみ故、関税を払う義務があるとは思えぬ。よって払う積もりはゼンゼンござらん」

小一時間も粘っただろうか、

「次ン時はちゃんと申告しろよ！」と、役人面を崩さずに解放してくれた。

──そう何回も買う金があるか！

と呟きながら「アウフ　ヴィーダーゼーン（また会いましょう）」も言わずに事務所を出た。

お茶を出してくれなかったおかげで、ミュンヘンからの夜行列車に間に合った。

「オーストリアは通過する国じゃないし、次の国境ではムリかなぁ」と思いつつ深い眠りに就いた。

そして、目が覚めたとき列車は丁度ウィーン西駅に滑り込むところ。

――国境がなかった！　またもや併合……ナンテことはないか。

あまりにも良く寝ているので「起こすのはかわいそう」なんて、お役人さまたちが思うわけない……が、とにかくホッとした。

画家とセコハンギター

私のギターの生徒にハンガリー動乱の亡命者がいた。この初老のハンガリー人は画家で、レッスンをする部屋からアトリエが、開けっ放しのときには見える。

「これがワシの絵じゃ！」とばかりアトリエへ招き入れることもある。

最初に入ったとき、彼の大量生産的手法にはとても驚かされた。そこにはキャンバスが数個も並び、同じように描きかけの油絵が張ってある。つまり、背景となる空や地面を全キャンバスにせっせと塗り、その上に山なら山、木なら木、川なら川と同じものを次々と描いていく。

一枚一枚心をこめて描いている画家像が崩れた。

それはさておき、彼は私のニューギターに興味津々、やがてどこからかかなり弾きこまれたクラッシックギターを手に入れてきて、交換しようと言い出した。そのギターの表面板は真っ直ぐな木目がびっしりと並び、美しいと思った。クラッシックギターを学んでいるのに、またフラメンコギターを買ってしまった心の揺れを突かれてか、交換してしまう。

少々小さめのギターから、少々大きめのギターへ。

私の小さな手で押弦するとき、指の間隔を十分の一ミリ広げるためにいかなる年月と多大な労力を要するか、いかなる苦痛を伴うか、深く考えることはなかった。


かなり大きくなったギターにも気がつかず、ひたすら練習に励んだ。

相変わらず練習すれば弾けるようになると思っていた。

一応弾けるようになっても、何故か上達した気はしなかった。

どんな曲を練習してもその思いは変わらなかった。

心のどこかでクラッシックのせいにしていた。


鬱憤晴らしではないが、たまにはゴルペをガンガンいれてかき鳴らしたくなる。間もなく交換したクラッシックギターにゴルペ板を貼った。その際とんでもないドジをする。少々歪めて貼りかけたゴルペ板を貼り直そうと取ったとき、強力な接着剤が表面板の塗装をバリッと引っぺがした。

ローマでの盗難の夜以来
人生二度目の冷や汗が流れた
ツツツーッ……と

出した修理屋は下手くそで、表面板に生涯消えない大きなハゲができた。

スペインの大地に跪く

ある年の夏、再びスペインを旅した。
バレンシアでの寝苦しい一夜、夢を見る。

闇に浮かぶスポットライト

兄と思われる裸の男が血にまみれ
自分で自分の体を必死に縫っている
——ウワー、やめろー！　やめてくれー！
恐怖にすくみ、出ない声をふりしぼって絶叫した……

——フウー、夢か。何と薄気味悪い夢だ。日本で何か良くないことでもあったのかなぁ……
そして、再びまどろみかけたとき、仰向けに寝ている私の胸をめがけて、天井の闇から刃渡り十数センチの短剣がキラリと光ってまっしぐらに落ちてきた。胸板にグサリと突き刺さる寸前、かろうじて払いのけると同時に跳ね起きた。

全身グッショリと汗が滴り
窓からスーーッと吹き込む
夜明け前の冷たい風に凍りつく
思わず身震いし
サラサラと揺れ動く白いカーテンに慄く
バレンシア駅の横手にある、安ペンションでの不気味な夜は過ぎた。

悪夢が正夢に

夢はたいてい夜明けと共に忘れ去ってしまうが……　この夢ばかりは、背筋の悪寒を伴って今なお思い出される。

スペインの真夏の太陽はすでにジリジリと肌を焦がし、大地が照り返す熱気の中を、私はフラフラとヒッチポイントに向かう。猛スピードで通過する車の巻き起こす土埃にまみれてA－三号線の路肩に立つこと約二時間、ようやくマドリナンバーのポンコツ車が私を乗せるべく停まった。その運命の車には、マドリッド郊外に住む若いチリ人がふたり、上半身裸で乗ってい た。後部座席に陣取った私は、ふと左横の座席上に、ほとんど空になったウィスキーのビンが転がっているのに気がついた。差し込む陽の光にやけに怪しく輝いて……

――マ、所詮スペインで酒気を帯びていないドライバーを見つける方がムズカシイッ……か。

寝苦しかった昨夜のせいか、押し寄せる疲労感が考えることも面倒くさくさせ、身を座席に埋めたが長くは続かない。ポンコツ車の常で、途中何度か停車、修理を繰り返す。故障の度に彼らはトランクを開け修理道具を出すが、どこにも衣服がないことに気がついた。いくら暑いからといってマドリッドから裸で来たはずはない。そのうち、バレンシアで飲み明かし、身ぐるみ剝がされての帰路だということを聞き出した。

――ヤバーイ！

のんびり旅をするのが常な私、彼らと一緒に一気にマドリッドまで行く必要はない。

「降りたほうがよさそうだなぁ……」と思い、地図に眼を落として適当な町を探した。

時すでに遅し！　体がフワッと浮くのを感じ、地図から眼を離した。

フロントガラスを通して見える地平線がクルッと回転し、視界は一瞬闇となった。その直後（と私が思っただけだが）、息が詰まり、胸をおさえ、血にまみれ、大地に跪いていた。

カーブを曲がり切れず（？）車は土手を横転して転落。車が着地をしたとき、私は頭で窓ガラスを割り、窓の縁で左肩から胸を斜めに、真っ二つにへし折られるように乗り出した（ようだ）。窓から半身を乗り出して、気を失っている私を彼らが引っ張り出したのだろう。

頭から流れ出る血が全身を真紅に染め
スペインの荒野に滴り落ちる
午後三時、傾くことを知らない太陽が
すべてのものを焼き尽くさんと燃え上がり
乾き切った茶褐色の大地を容赦なく照りつける

——何という脆さだ！　ホンノ一撃で踏み潰された虫けらだ！

そこには無知無謀も入り込む余地はない。

目が右手にいった。手の甲が血の海となり、皮膚と肉片がグチャグチャと漂っている。手の感覚がない、指もくっついているのかどうか分からない、ボンボンに腫れあがった指がただそこにあった。

——埒の明かない練習の日々に運命は止めを刺したのだろうか。では何故生かしておいたのだ！　再び放浪をしろというのか！　一体何をもう一度やり直せというのだ……

胸部に重く鈍い痛みを感じながら車の中に転がっているサンダルを拾い、ゆっくりと土手を上った。彼らがヒッチしたライトバン後部の荷台にドタ―ッと横たわるなり全身の力が抜け、二度と動けないような気がした。

意識だけがやたらと冴え、見開かれた眼は閉じることもできず、ゆっくりとうねる時の流れを静かに見守るだけ。

車窓から見える青空
差し込んでは消える陽の光

通り過ぎる白壁の軒下
時折見下ろす緑の木々
それらすべてが青ざめ
疲れきっていた

やがて病院に着き、私はマナイタの上に横たえられる。警官が私のパスポートを持って消えてからも、治療が始まるまで随分待たされた。

日曜日の魚つりでも中断して駆けつけたのか、白髪のドクターがあわただしく入って来るなり傷口にザババザバと消毒液をぶっかけ始める。感覚を失っていた傷口にヒリヒリとしみわたり、頭の芯までクラクラし、再びすべてが無感覚になってゆく。

そのうち看護婦（二十一世紀には「看護師」というそうだが……「白衣の天使」というイメージが湧かない……）が、トレードマークの長髪をバサバサ切り始めた。

「ホンノちょっとだからね」と微笑みながら、ゾリゾリ剃る手はなかなか止まらない。だが、ハゲはまだイイ。真のショックはその後にきた。

白髪のドクターが針と糸を手に取り、頭の傷口から縫い始めた。あたかも衣服のほころびを縫うように！　頭と右手、合わせて（タブン）十数針。たかが十数針といえども生まれて初めてのこと。針を通そうとグイグイ引っ張られる皮膚……　盗難のショックとは一味違ったショック、小学校の家庭科で縫った雑巾にでもなったような気分……

そして、昨夜の空恐ろしい夢が正夢として甦り、永久に脳裏に焼き付いた。

治療が終わって病室へ、と思いきや車付きのベッドに載せられたまま玄関先で待機していた救急車に入れられる。ヒッチとは言えないが三台目、一体どこへ行くつもりなのだろう。再び車窓の青空が旋回し始める。しかしそれは、たいして長くは続かなかった。信じ難いことだが救急車がエンストを起こした。腹を抱えて大笑いできない身の上を悔やんだ。

今度は、付き添いの警官が私の代わりにヒッチをする。警官にヒッチされたら無視して走り抜けるわけにはいくまい。本日の四台目はスクールバス。休みで学校はないはずだから、多分ハイキングかなんかの帰りだったのだろう。ベッドごと後部ドアから入れられ、傾いたベッドから落ちそうな私を、ちょび髭のお巡りさんが抱えたままバスはゆっくりと発進した。

時々不安気な表情の小さな顔が私を覗きに来る。

どのくらい走っただろうか、ようやくバスは子供達の町に着いたらしく、ちょっと走っては停まる、を繰り返した。警官が付き添っていようとも、ヒッチハイカーを降ろすのはどうやら一番最後。「一刻も早く病院へ！」と思うのは私以外誰もいないのだろうか。

天国の静養

白衣の人々に迎えられて、失礼ながら寝たままかなり大きな病院へ入った。

手術室で再び傷口の消毒、縫い足しが行われ、レントゲン室へ。

――ソウカ、あの田舎の病院、いや、診療所にはレントゲンの設備がなかったのか……

冷たいガラスの上に横たわり、頭、腕及び上半身を角度を変えて撮影。動く度に胸がギタギタと痛む。そのうち貧血にみまわれたが……

――スペイン語でナント言ったらいいんじゃ！

治療が終わって病室に落ち着いたのは午後八時、事故後五時間が過ぎていた。

カーテンで幾つかに仕切られた大きな病室だった（ような気がする）が、西日の差す眺めのいい窓側のベッドに横たえられた。

規則正しい縞模様を描き、
縦横に耕された緩やかな丘が打ち続き、
そよ風が緑の木々をやさしくなでていく。

四階位の高さから見える窓外の景色は
日没前の悲しげなオレンジ色に包まれている。

同室の患者の奥さんと隣室の患者の母親がまじまじと私を見つめる。音大ギター科の学生と知るや、彼らの視線は私の右手に注がれ、苦しげな表情に変わった。ビクともしない、どす黒く腫れ上がった五本の指が、束の間忘れていた現実に私を引き戻す。

同情に満ちた人々の眼に誘発されて
思わずこみ上げる悲しみ
いたたまれず眼を窓外に移す
視野をおおい尽くす巨大な夕日が
今正に沈もうとしている
限りなく深い悲しみが
ユラユラと揺れて……

軽やかな足取りで看護婦が入って来た。
「セニョール、気分はいかが？　何か欲しいものは？」

「ああ、モーレツに腹減ったなあ！」

こうして生涯で最も長い一日が終わり、最も深い眠りに就いた。

……死んだように……

スペインのとある町の病院で、私は再びすがすがしい朝を迎えた。

朝食前のシーツ交換が大変、ベッドから降りれないため片側に身を寄せては半分ずつ換えられる。やっと終わってベッド中央にドタ～ッと横たわれば、せっかく換えた真っ白なシーツが再び茶褐色の血粉の海。隣りの患者のテカテカ手入れの行き届いた頭髪を見て、

――マッ、ああなるよりはマシさ！

午前九時ごろ、朝食。大きなカップになみなみと注がれたミルクコーヒー、十数枚の大きなビスケット、果物のすりつぶし。

正午過ぎ、フルコースの昼食。焼肉、鶏肉または魚のフライ、スープとパンおよび野菜サラダ。更に白衣の天使が足音も楽しくワインを注いでまわる。

「セニョール、お好きですか？」

「もっちろん！　ン、もっと注いで！」

次は五時ごろ、再びミルクコーヒーとビスケット。ビスケットで渇いた喉をミルクコーヒー

の薄甘いまろやかさが潤す。そして最後は日没時、真っ赤に染まった夕焼け空を眺めての夕食。再びワイン付きのフルコース。

——天国良いトコ一度はおいで、ワインはウマイし天使はキレイだ、ウッワッワァ〜〜ン

最高に楽しい傷だらけの静養……

朝食後、若き担当医が看護婦を従えて回診に来る。レントゲンの結果、骨に異常なし、胸の痛みはもっぱら打撲によるものだそうな。右手の指は、開閉練習をしないと二度とギターは弾けないぞ、と脅かされる。

トラクターの下敷きになったという隣人の右手、五指の付け根にはビッシリと釘が打ち込まれ、すでにひと月以上も入院しているという。彼の右手を見る度に自分の手がいかに軽傷で済んだか安堵することができた。

かくして、隣友と共に苦痛に呻きながら指の開閉練習、時々顔を見合わせて笑いころげる。私にとって笑うことがまた苦痛。胸にビンビン響くため、笑いをこらえ、下っ腹を抱えての泣き笑い。

毎日の回診後決まって現れるひとりの男、各患者に向かって陽気に喋りまくっては風の如く去ってゆく。

「オッ、これは珍客、ハポネスか！　ナヌ、自動車事故！　それはおかわいそうに。マ、そのうちいい事もあるさ。今度来る時はギターでも持って来て聴かせて欲しいもんだ！　ナ、みんな！　指は？　おお、動く動く！　上出来、上出来！」

てな調子で患者の気持ちを楽しくさせていく。

白衣を着ているが、お喋り以外は何もしない。白衣の下の、詰襟の黒装束に気がついた。

——そうか、この男は牧師か。さしあたり、オレがここで死んでたらこの牧師が祈りを捧げてたとこか。こんな陽気じゃ、間違っても地獄にゃ行かせてもらえまい！

天使の訪問

この陽気な牧師の祈りのおかげか、二度目の夜も更けた十一時ごろ、素敵な天使が私を訪れた。スペインの見知らぬ町で、突然入院した私に、

——一体誰が面会に……

ブルーのワンピースにスラリとした身を包み、若い女性が入ってきた。薄明かりの中に立ち尽くした彼女は、優しい顔立ちにあふれんばかりの笑みをたたえ、私に手を差し伸べた。

——ヤハリ、俺はもう天国に……

だが、彼女には羽がない。事故車を運転していた男、ヴィクトールの奥さんだという。

「警察は道路に立っている貴方を彼がはねとばしたと思い、彼は昨夜一晩留置所に入れられました。そこで貴方はもう死んだと聞かされ、彼は血だらけの貴方が脳裏に焼き付いて離れず、一晩中眠れなかったそうです」

「まだ生きている！」ことが分かって早速、マドリッドから遠路はるばる見舞いに来てくれたのだった。

「ところで、ここを退院しても行くところがないのでは？　その体で旅をするわけにもいかないでしょう。是非私共の家へおいでください。充分静養できるまで好きなだけ滞在されて結構です。きっと楽しいと思いますよ。今日は第一にそれを言おうと思って参りましたのよ」

「ひとつお願いがあります。もし今度の日曜日までに退院できず、私がマドリに現れなかったら、十八時と十九時の間にマヨール広場で、ウィーンから来る私の友達に会って、私の入院を伝えて下さい。彼はハンガリー人で約五十歳の画家です。濃い茶髪、長身、眼鏡をかけ、たぶん鳥打帽をかぶっているでしょう」

彼女は快く承知し、マドリッドへ帰って行った。車で！　私は若干身震いをした。二度と車には乗りたくなかった。

枕もとの小さな電燈

その明かりの中に宿る
優しい温かさ
傷だらけの心を包む
淡いバラ色のベール

人々が寝静まる夜中、痛みに苦しむ患者の呻き声が遠くに、また近くに聞こえてくる。時折ベルの音、あわただしく駆けつける看護婦の足音。グルグル巻かれた包帯の間から突き出た、腫れ上がった五本の指…… それ以外に私を暗くさせるものは何もなかった。

翌日、私に電話だという。スペインに知り合いがいるでもなし、いたとしても連絡する術も時間もなかったし…… ベッドからずり落ち、看護婦に支えられて（タブン）やっとたどり着いた受話器の向こうにはナント、マドリッドにある日本国大使館！

「事故で入院を日本のご両親に知らせましょうか……」

「ウワー、それだけは止めて下さい。母は心臓が弱く、そんなこと聞いたらぶっ倒れてしまいます！」

天国にも鬼が……

午後の太陽は灼熱の舌で地上をなめまわし、
人々を陰へと追い込む。
万物は乾き、潤いを求めて空を見上げる。
雲ひとつない青空は瞬きもせず見下ろす。

この大きな病院ですら時折断水にみまわれる。されど、白衣の天使達は相変わらず軽やかにはねまわっている。その白衣の天使が鬼に見えるひととき。それは巨大な注射器を携えて現れるあの楽しい食後、避け難いキョーフの苦痛、オズオズと覚悟を決め、うつ伏せになり尻を突き出す。

——トントントン、グサーッ！
筋肉離れがしたような激痛に数分間、隣友と共に呻き笑いをもらしあう。

鬼といえばこの病院の院長。黒縁の眼鏡の奥から細い目でジロリと私を一瞥するや、しょっぱなから退院を迫った。「毎日のように救急患者が担ぎ込まれ、ベッドが足りない！」そうな。

三日目、右手の包帯が取られ、血のにじみ出る傷口には何かしら白い粉が振りかけられただけで回診が終わった。そして、再び院長が現れて、

「今日はもう退院の日だから、出ていってもらおうか！」と言い残して去る。

――ベッドからずり落ちるのが精一杯だというのに、退院だと！

「いくら何でもまだ無理じゃよ。気にせんで寝てな、寝てな」

隣友に励まされて居座り（ごろ寝）を決め込んだが、他にどうしようもない。

四日目、ようやく血だらけだった衣服が洗いあがってきた。

五日目、アルミパイプがひん曲がり、正常に立たなくなったフレームザック、唯一の荷物が事故の面影を引きずって手元に届いた。あと退院に足りないものは警官が持って行ったパスポートだけ。

六日目、ベッドからずり落ち、どこにも支えをとらず何とか歩けるようになった。院長の追い出しの声が一段と大きくなる。

「さあ、君はもう充分歩ける。今日こそ退院してもらおうか！　ベッドが足りんのだ！」

いくら軽い荷物とはいえ、この体で担いで宿探しなど、歩き回る自信はなかった。

「寝てな、寝てな」の声に励まされ、再びベッドに横たわる。

――あの院長、本当に退院しても大丈夫と思ってるンだろうか。毎日のように言われてはいるが、実際追い出されはしなかったし、回診、食事、注射など何の変わりもなく続けら

れてきたし……　しかし、けったくそ悪いなあ……

閉じた瞼に、荷物を担いで宿探しをしている姿が浮かんでくる。苦痛に顔を歪め、額には脂汗を浮かべて……

ふと、開いた眼を窓外に移す。ジリジリと肌を焦がし、肉体の存在を強烈に感じさせる太陽が紺青の空に輝いていた。

アディオス……、ムイ　ボニータ

私はベッドからゆっくりずり落ち、身支度を始めた。

左肩から胸部を斜めに横切るどす黒い打撲跡、右肩から腕にかけて散らばる無数の切り傷。洗面所の鏡に映る凄味のついた我が身、快感混じりの溜息をついて眺める。

血のこびりついた髪の毛はザブザブ洗うことができず、櫛に水をつけては小一時間もかかって徐々にすいた。青白く膨れ上がり、どす黒い血のこびりついた巨大なハゲは、長髪を左三、右七に分け、虹色の細長いハチマキをして隠した。これで突風が吹いてもダイジョーブ、「ヒッピー復活！」とばかり悦に入る。

細くて白い縦縞のはいったピンクのワイシャツにジーンズのチョッキ、ツートンカラーのパンタロン。華麗なる変身を遂げ、仰天している人々に別れを告げた。

長い廊下を歩きながら、ドアが開けっぱなしの病室をチラチラと覗いて見た。どの病室もカラッポのベッドがあるだけ。院長の脅し文句は真っ赤な嘘だったことを確かめ、彼への別れの挨拶は省略した。

キュートな看護婦に連れられて、エレベーターは残念ながら寸秒にして地上の階に着いた。「天国の静養」をそうあっけなく終わらせるには忍びなく、アドレスを訊いたが、シアワセに輝くマリッジリングを突きつけられる。すでに事故の後遺症か！　目まいに襲われたが、幸か不幸か再入院とはならなかった。そこへ会計窓口から請求書が出される。

――サッ、三万五千ペセターッ！

後遺症のダブルパンチ、クラクラッと目まいが！　入院費は当然のことながら払わず……いや、(院長の懸念通り)払えず、振込み用紙をもらってそそくさと病院を出た。

ひとりたたずむエンジェルを後に
振り返りもせず
逃亡者のように……

絵かきの町

病院はクエンカという町の、北のはずれにあった。
小川沿いの国道三二〇号線を歩いて町に向かう。

期待通りの太陽が降り注ぎ、心の底から生への喜びが湧き上がる。
通り過ぎる車が舞い上げる土埃に追われ、道路から小川へ下りる土手の上に寝転んだ。
照りつける太陽がすべての思索を眩い光の中へと誘い込む。
ふと、体が大地に溶け入ってしまいそうな不安を覚え、起きあがった。
町並みが始まる直前に橋があった。欄干にもたれてぼんやりと見下ろす。

キラキラと輝く水面はダイヤモンドの冷たい光りを放ち、
苔むした小さなダムの斜面を勢い良く水が流れ、
岩に衝突し、白い泡が飛び散る。
川下は木々におおわれ、
ポッカリと口を開けた暗黒の中へと流れは姿を消す。

木々の輪郭は平面的な線で描かれ、その上には気の遠くなりそうな空白が広がっている。その空白の一角から思いも寄らぬ冷たいそよ風が、スーッと私の頬をかすめた。

——気のせいかな……　そうだ、早いとこ今夜の宿を探さなくては……

荒れ果てた岩肌の斜面に、中央を流れる小川に向かって雪崩れ込むように建ち並ぶ白壁の家々。それらの軒先には雀の巣が隙間なく連なり、絶え間なくおしゃべりをしながら雀達が乱れ飛ぶ。

天空を貫いてそそり立つ岩壁、頭上には吊り橋がかかり、虚空を切り裂いて直下する燕達。厚い緑におおわれた河岸にはオレンジ色のテントが見え隠れする。岩壁をえぐって造られたレストラン、絶壁の上に乗り出した特殊構造の「カサス・コルガダス」、絶景の町クエンカ。絵かきのためのような町だった。

川向こうの斜面の中腹、小さな空き地にキャンバスをひろげ、無心にスケッチをしている絵かきがいた。絵を描きたくなるような風景の中の絵かきを見て、ふと思った。

——ギターが弾けるようにならなかったら、絵の勉強でもしようか……

いくら練習しても上達したと思えないギター。ますます弾けなくなるギター。動かすこともできない右手の指が「いいかげん、あきらめろ！」と言っている。

だが、絵にしても一本の線を満足して描くのに一体何年かかるのだろうか。ギター同様いつまでたっても不満足になりかねない。

眼に映る対岸の画家……　その後姿に、
何かしら近寄りがたさを感じて眼をそらせた。

曲がりくねった石畳の坂道、今宵の安息地を求めてゴツゴツした石の斜面を行く。次第に荷物が重く肩にのしかかってくる。もう何軒訊いただろうか、どこにも空き部屋はなかった。ナント、語学実習の団体が来ているため、このところずっとどこもふさがっているという。
悪いことに、ギラギラと輝いていた太陽はいつの間にか姿を消し、身震いするほど冷たい風が吹き始めた。時折、大粒な雨を伴って嵐が来た。巻き上がった砂埃が容赦なく顔にふりかかる。

軽いはずの荷物が耐え難く胸を圧迫し、
体は微熱にほてり、額には脂汗が浮かぶ。
背筋を悪寒がはしり、
吹きさらしの右手は

ようやく取り戻しかけた感覚を再び失ってゆく。

またひとつペンションの看板を見つけた。

――どうか空きがありますように！

と祈りながら、薄暗い、長い階段を手摺りにすがりつきながら上る。やっとの思いでたどり着いたペンションの扉の前、呼び鈴を押すまでもなく「コンプレート（満室）」の札が目に入った。

――どうしてこの札を建物の入り口に……

縁が磨り減り、丸くなった狭い木の階段をフラフラと下りる。

外には再び太陽が顔を出していたが、それは弱々しく青ざめていた。

今や何を求めているのかも分からず、繁華街をさ迷う。家路を急ぐ人々がふと私を振り返る。

彼らには暖かいベッドが待っている。

ようやく見つけた公園のベンチに座ったきり、二度と動けないような気がした。

――やっぱり退院はちょっと早すぎたかな……

その晩はどこに泊まったか全く記憶にない。ただ、北欧から来たという金髪の青年が、私のために宿探しにでかけたような気がするだけ。

ベンチに横たわった体は寒さで小刻みに震え、
心はしきりと太陽の照りつけるアンダルシアを描き出す。
シエラネバダの山並みを背景に、
はたまたグァダルキビル河のほとりに、
散在する白壁の家々が眩しく輝く。
中庭に、ベランダに、至る所に緑と花の溢れるセヴィリア、
夜の闇にアルハンブラ宮殿が浮かびあがるグラナダ、
潮の香りが遥かな夢を乗せて
並木道を行く人々を押し包むマラガ。
どこからともなく聞こえてくるしわがれた謡声《うたごえ》、
悲哀に満ちたヒターナの横顔、
物悲しく、激しく掻き鳴らされるギターの音《ね》が……
すべてが次第に遠のいていった。

セヴィリアのテキヤ達

三、四日（？）後にはアンダルシアを旅していた。

何故かクエンカの、公園のベンチに横たわってからそれまでの記憶が全くない。後日、ハンガリー人の画家からもらった二、三枚の写真だけが、約束どおりマヨール広場に現れたことを示しているだけ。二度とヒッチハイクはする気がしなかったから、たぶん列車を使って移動したと思うが乗った覚えすら全くない。

どんな種類の車も嫌だったが、地中海沿岸を行くにはバスしか交通手段がない。

道路の片側は路肩と言えるべきものがないくらいすぐ海に落ちる断崖、反対側は道路に乗り出しているかに見える絶壁。遥か彼方の眼下には、吸い込まれそうに真っ青な海が広がっている。スリル満天のカーブが永遠に続き、素晴らしい眺めを満喫するはずだったがそうはいかない。カーブの度に背筋がゾクッとし、生きた心地がしなかった。これも後遺症というものなのか。

何故か、移動中の記憶はこのシーンしかない……

セヴィリアの銀座通り、ここにもまた、日本人のテキヤが二、三人路上に店をひろげていた。

今は全く消え失せてしまったが、七十年代はまだヨーロッパの至る所にテキヤが徘徊していた。そして、私もそのひとりに数えられたのか、セヴィリアのテキヤさん達からは煙たそうな歓迎を受けた。

「レッキとしたウィーンの音大生で、決してショーバイガタキではありません」と言い張ったが、誰も信じてはくれない。おまけに、ギターなんかとても弾けそうもない動かすのもやっとという指をしている。しかし、いつまでたっても店をひろげる気配すら見せなかったことで、ようやく信じてもらえたようだ。彼らの逗留している安ペンションに当然ながら私も入った。

彼らは東の空が白むまで食ったり、飲んだり、吸ったり、ペンションの屋上に出て星空の下、合気道か空手かよく分からないが、延々と型の練習に励んだりして長い長い夜を過ごしていた。「おはよぉぉぉぉ」とのんびり声をかけあう。きわめて遅い夕方の朝食後「そろそろ仕事に出かけますかぁぁ」と銀座通りにゆっくりと赴く。

ここにはまだ永遠の「今」があった。

あてなき人生へ

夏季休暇が終わり、ウィーンに戻って来た頃には右手の指も動くようになっていた。まだギターを続けろということなのだろうか、再び練習に明け暮れる毎日となる。

その年のクリスマスが迫った頃、右手の甲に小さな突起が二ヶ所出現、次第に突き出てきた。やがてその先が破れ、キラキラ光るものが……　長さ数ミリもあるガラスの破片！　どうやら指の筋肉の激しい動きが押し出してくれたようだ。では、手なんかよりもはるかにたっぷりと、微動だにせず埋没しているはずの頭の方は……

——生涯ガラスの破片を詰めたままか！

消え失せた太陽

それからまた何年も音大に通った。いろんな曲を練習したにはしたが、どうにもピンとこない。それでも七十年代末頃の冬だったと思うが、ギター科の公開発表会に出るように言われる。他の学生との二重奏だったが、何という曲だったか覚えていない。ただ、いくら弾きこんでも好きにはなれない曲だった。

あのスペインでの事故後も指が動くようにしてくれた運命はやはり、

——ギターなんか止めてしまえ！

と言うかの如く、発表会のある週初めから高熱が私をベッドに釘付けにした。発表会まで後二日、教授の前での最後のレッスン日、フラフラしながらやっと電話ボックスにたどり着き、教授に出れない旨を伝えた。

——発表会を控えて、健康管理もできない奴はクビだ！

とは言わなかったが、かなりヒステリックな応対にショックを受けた。

世界中から音楽家の卵（のみならずプロ並まで）が腕を磨きに来るウィーン国立音大は、所詮私の入るところではなかったのか。「食べず嫌い」だったクラッシックも結構好きになっていたというのに、肝心の演奏の方はいくら練習しても埒があかない。何故上達を感じることができないのか分からない。テクニックを別にしても、そもそも若年期に音楽性を養う環境になかったからなのか。そういえば、自分を音楽家と思ったことは一度もない。「ギタリスト」にしても同様だ。趣味が少々本格的に、音大ギター科の学生になったというだけ。

八二年、音大を辞めた。
太陽は消え失せ、
キラキラ輝いていた日々は
嘘のように色あせた。
広がった灰色の空は
二度と青空を見せそうにもなかった。

音大は辞めたが、ビザや健康保険を維持するために学生を辞めるわけにはいかない。当時一緒に暮らしていた彼女の勉学を援助することもあって、ウィーン大学の翻訳通訳学科に入り、学生稼業を続けた。

しかし、こちらの方は何年経っても夢中にはなれなかった。ずーっと、疲れたような気分。一生のうちでそういくつも夢中になれるものがあるはずはない。エンジニアに夢中になれず、夢中になったギターに挫折し、今また夢中になれないことをしている。一体私に何が残されているのだろうか。あるのは絶望だけなのか。「無知」も「無恥」も「力」にはならなくなった……それどころか「無力さ」を突きつけてきた。陽炎揺らめく大地を突っ走る「無謀さ」も、今や影をひそめてしまった。

だが、真の絶望を味わうまでには、後二十数年待たなければならない。

ノラクラ生活の危機

こうして八三年五月、当てもなくさまよう心のまま日本（食）大好きなオーストリア人と結婚した。そろそろ「年貢の納め時」とでも思ったのか……　影をひそめたと思いし「無謀さ」は、とんでもない方向へと私を突き動かした。

翌年三月、長男が生まれる。陣痛が激しくなった妻を連れて病院へ……　廊下のベンチには眠っているのかどうかは知らないが、生まれたばかりの目を閉じた赤ん坊を抱いて、ひとりの男が座っていた。

数時間後、私は同じ場所に赤ん坊を抱いて座っていた。だが、私の赤ん坊は目を閉じていないどころか、まばたきもせず見開いた目は私を問い詰める。

——あんた一体、何者なんだ！　父親なんかできるのか？

それは答えられそうもない問い。

午前三時、病院を出てひとり家路についた。静まりかえった闇を照らす街灯の明かりの中に雪が降り始める。舞い落ちる粉雪に巻かれて、父親なりたての男ならフッー小躍りするのだろ

うが、私はできなかった。頬に降りかかる雪は冷たくなかったが、

——父親って何なんだ？　と、ずーっと考えながら歩き続ける。

脱サラ後十年、まともな仕事をするでもなく、ノラリクラリと生きてきた今、子供ができたからといって変えられそうもない。

「人は地上という学校で学習するために、自分の運命を選んで生まれてくる」という。

——ならば、俺をオヤジに選んだ子供に責任があるんだ。せいぜい反面教師としてノラクラ教育をしてやろうか！　と開き直ってみても何の足しにもならない。

——俺自身、この人生を自分で選んで生まれてきたとしたら、一体何を学ぼうとしているのだろう。父親になりたくてもなれない人がいるのに、父親としての自覚もなく、実感も湧かない俺が、何故父親になってしまったのだろう……　マ、イイか。世の父親も人それぞれだし、決まった父親像なんかあるわけないし……


とにかくモンダイは、「人は生まれる時、自分が選んだ地上での宿題をすっかり忘れてしまう」ということだ。

それでも求人広告を見ては面接に出かける。それは「仕事を探しています」というポーズをとっているだけ。「毎朝通う気はサラサラありません」という顔をして面接を受けてもいい返

事が聞けるはずもない。コンピューターによる「性格判断テスト」もないし、決まって「結果は後日連絡します」という、二度と連絡のない不採用の返事をもらうだけ。

何度面接を受けたか覚えていないが、八七年、面接だけでなくペーパー試験及び実技試験ありというご丁寧な求人があった。やる気のない顔を見せるだけでなかったのが功を奏したのか、後日採用を伝える連絡があった。

――藪から棒に採用するとはナニゴトだ！　とあわてた。

毎朝背広なんか着て出勤するなんて、ジョーダンじゃない。おまけに、試験の成績は二番目だがトップは女性なので私に決めたと言う。そんなことは募集要項にはなかった。

――女性差別ではないか！　オトコでよかったーー、ナンテ思うかよ！　ホント世の中、言わなくてもいいことを言う人はいるものだ……

折しも二人目の子供が、いつ生まれてもおかしくない状態の妻を説得（？）にかかった。

「今仕事に就いたらお産には絶対立ち会えないぞ！」と。

仕事をしろと口うるさかった妻、率先して就職反対を唱え始める。かくして、「採用は是非成績トップの女性を！」と大義名分を掲げて辞退し、ノラクラ生活の危機を乗り越えた。

淀んだ「今」

翌八八年秋、生徒のひとりがフラメンコをやりたいと言うので、忘れかけていたフラメンコをかなり激しく練習した。そんなある日、突然上半身が痛み出した。衣服の着替えも、靴下をはくのもひとりでは無理となり、病院で点滴治療を受ける。事故の後遺症？　それとも練習のしすぎ？　単に歳のせいかもしれなかったが、冬の間中、週末を除く毎日、電気療法に通った。その効果があったとは思えないが、春の訪れと共にほとんど良くなった。しかし、そのソラ恐ろしい痛みは、ギターだけのノラクラ生活からギターをも奪ってしまった。

ただ、生徒にレッスンするときだけは一緒に練習した。左手だけの押弦、右手だけのアルペジオ、トレモロ、アポヤンドと、基本練習にレッスンの半分を費やす。まるで自分のためのように……　それ以外はギターを抱えるどころか、見ることもなくなる。家でギターケースを開けるのは、どうしても弦を換えなくてはならなくなったときだけ。

再び弾きたくなるのを怖れてか、ギター曲も聴かなくなった。

それから約十年間、何をやっても身が入らない。翻訳、ガイドブックや雑誌の記事書き、すっかり忘れてしまった頃（妻を通して）ポツリ、ポツリと入ってくるそれらの仕事は、仕事とはいえなかった。何もしていないのと同じ。必死にそれらの仕事が入るように自ら走り回ることもしなかった。

キラキラと輝いて無制限にやって来た「今」は消え失せ、流れから取り残された「今」は、淀んだまま動こうともしなくなる。

何のために生きているのか……　なんてことを考えることもなく、ただ漠然と生きていた。

――まるで大海に漂う木片、トーヘンボク（唐変木……いや、頭変木）……　マッ、これも旅のイッキョウ！

「昭和ブルース」を地で行くとするか！

アリバイ

妻は日本人にドイツ語を教える傍ら仕事に就いたり、種々のセミナーに顔を出したりでほとんど家にはいなかった。夫婦間の会話もなくなり、「家庭は崩壊寸前だった」とは後に妻から聞いたことだが、私はそんな現実にも無頓着にノラリクラリと生きていた。

いつの間にか三人にもなった子供に「日本語教育をする」、それが唯一の私の存在証明、アリバイだった。情報を集め、準備し、始めさせるのは妻、私はただ家で机上の学習をみてやる（強要する）のみ。日本人学校に体験入学をさせても授業についていけるよう、「海外子女教育振興財団」の通信教育を受けさせた。公文に通わせ、「日本語を話す子供の会」にも参加させて、生きた日本語を学ばせるのは妻だった。日本人の子供達と遊ばせ、日本人の子供達と習い事をさせ、日本人の催し物に参加させ……　子供をダシに妻自身、日本人のお母さん達とおしゃべりしたり、遊ぶのが結構メインのようにも見えたが、とにかく、よくもこんなにと思うほど情報を集め、時間をやりくりし、日本人のいるところに子供を連れて出没した。

そのエネルギーたるや、一体どこから湧いてくるのか！

この子供たちがいなかったら、それこそすることが何もなく、人生にひとかけらの意義も見出せず、私はくたばっていたかもしれない。だが、その唯一最後の意義すら風前の灯火であったことに当時は気づきもせず、面倒くさがりながらアリバイ作りをしていた。

子供たちにとっては日本語の勉強を強要するだけの、煩いオヤジに過ぎなかったに違いない。たまにギターケースを持って出かける私を見かけても、どこへ何をしに行くのか分かっていたとは思えない。

その子供たちも、大きくなるにしたがって現地校の勉強も忙しくなる。日本語を勉強できる週末は友達と遊びに行きたくなる。長男が高校生のときだったと思うが、遂に面と向かって反発した。「お前の将来のためだ！　それでもイヤだったら勝手にしろッ！」と怒鳴って、彼をダシにした私のアリバイ作りの幕が下りた。それにしても、この私が「将来のための勉強」を口にするとは……　フツーの親に成り果てた……カッ。（その後、日本語に不自由しないことを大いに活用して現在の生活を築いたのはこの長男、「感謝してる」とのこと）
——ひとりぐらい減ったってドーッてことない。まだまだ……娘がふたりもいる。アリバイ作りはトーブン続けられるサ！

何故か運命は、私の生活から全くギターを消し去ることをしなかった。ケルントナー通りで生徒を見つけて以来、積極的に生徒を募集したわけでもないのに生徒は途切れることなく延々と続いてきた。家でギターを、ケースから出すことがなくなってからも続いている。

あてなき旅は　こうして　今や（やはり）　**あてなき人生**へと……

だが運命は、「お前のとんでもないノラクラ人生……　そのまま終わりにするわけにはいかんでよ〜」とばかり……

絶望への旅

一九九八年五月、三女が生まれた。

妻の顔に笑みが戻り……　私の顔から血の気が失せた。

――一生アリバイ作りをしろというのか！

孫を抱えてもおかしくない歳になって、再び赤ん坊を抱えてボー然とする。

三人も子供を育てながら、未だ父親とは何なのか少しも理解していない私に、業を煮やした神が新たな宿題を送り込んだのだろうか……

――そんなはずはない！　神は信ずる者にしか存在しない……

だが、こんな宿題を本当に自分で選んで生まれてきたのだろうか。


遥か遠い昔、したい放題をしていた頃は、移ろい易いとはいえその都度目的らしきものを持って動いていた。太陽の下に横たわれば、そのエネルギーを満喫する自分を感じることができた。そんな自分すら、今や全く感じられない。
——父親らしさも……　この世の宿題も……　クソくらえ！

座ったままの旅立ち

ある日赤ん坊を抱え、哺乳ビンでミルクを飲ませていた。

静けさが少々気になり、ミュージックを（自分が聴くのではなく）聴かせようと思った。もちろんそれはギター曲……　何故かレッスン中とは違い、十年ぶりに聴くギターの音《ね》は心にしみ込み……

繰り返される過ち

ムラムラとまた弾きたくなった。ちょっと練習すれば弾けるような気がする。愚かにも音大で行き詰まったことをすっかり忘れ……　ギターケースが何故閉じられたままなのかすっかり忘れ……（十年も経てば忘れてトーゼン！）

家族がみんな出かけると早速ギターを抱える生活が再び始まる。それはジワジワと沈んでゆく泥沼、もがけばもがくほど落ち込んでゆく蟻地獄への旅立ちだとは夢にも思わなかった。

弾きたい曲は山ほどあったが基本練習に多大な時間をかける。基本練習をすれば曲も上手く弾けるようになるはず……が、ならなかった。十数年前と同じ、上達を感じられないまま深く考えることもなく、ガムシャラに練習していた。

どうして同じ過ちを繰り返すのか……分からない。

鏡に映る手

二〇〇〇年夏、毎年恒例の家族揃っての休暇はケニヤ、何を思ったのかギターを持って行った。初めてのことだった。「何も、休暇にまで……」と、妻は渋い顔をしたが、どうしても持って行きたかった。

リゾートホテルの部屋にはバカでかい鏡があり、椅子に腰掛けてギターを構えると膝から上が嫌でも映る。何故かギターが大きすぎて不恰好に思えたが、そんなことより驚いたのは右手の指だ。弾く度に指が躍る、支離滅裂な動きだ。これを見るために、ケニヤくんだりまでわざわざギターを持って来たのだろうか。どこのホテルのどんな部屋にしても、腰掛けてギターを構えたら指が映るように鏡を置いてあるところなどあるだろうか。

運命のイタズラか、鏡が教えてくれた。どんなに練習してもこれまでのままでは無駄だ、何十年も練習してきたすべてが無駄なことだった……と。だが、どうしたらいいかは教えてくれない。この小さな手で、これほど支離滅裂に指が動いていたら、安定したイイ音で弾けるわけがない。とにかく、弾く度に跳ね回る指を何とか押さえつけ、指の動きを安定させるために思いきり指をくっつけて弾くよう試みた。音に若干迫力がついたような気がする。

——これだ！　突き進むべき道が見えた！

以前から手が小さくて音に迫力がないのは感じていたが、支離滅裂な指の動きが更にパワーの低下、音質の悪さにまで拍車をかけていたとは考えてもみなかった。バラバラな指の動きを抑えるため力一杯指をくっつけようとすると、音に一層迫力がつくのは、同時に各指の弾弦時のパワーをアップする作用があるに違いない。何十年にも及ぶ無駄な練習とはオサラバしたかにみえた。

休暇から帰ってからも右手が見えるように鏡を置いて練習をする。

中々指はくっつかない。力一杯くっつけていても、弾く度に指の間がパカパカ開く。

――一体何なんだ、この指は！

自分の指がこれほどまでに思うように動かせない、いや、動かないようにできないとは思いも寄らなかった。

思いきり指をくっつけて弾弦練習をし、少々感じが良くなるとテンポを上げる。鏡の中の右手の指は相変わらず、思い直して再びテンポを下げてやり直す。これを何千回、何万回、何ヶ月、何年も繰り返したがたいして良くはならなかった。

飛べない蝶

ある日初心者に『ちょうちょう』を教えていた。模範に自分で弾いてみせる。ソミミ、ファレレ、……と、単音で……　ふと、難しさを感じた。

――エーーーッ、ソッ、ソンナ！

何十年もギターを弾いてきて、どうして単音の『ちょうちょう』が難しいんだ！

小春日和の花畑を、ヒラヒラと飛んでいるはずの蝶が……

羽を必死にばたつかせ、かろうじて地に落ちずにいる。

帰り道、工事現場を通りかかった。地面が深く掘られ、コンクリートの底からは鉄骨が伸びている。この上に高いビルでもできるのだろうが、この基盤がしっかりしていなければ危ないものだ。

——砂上の楼閣！　明けても暮れてもギターを抱え、してきたオレの練習とは、基盤がスッポリ抜けた建築工事だったのか。築けども築けども崩れ落ちる。

だが、砂上だろうが、空中だろうが楼閣が美しければいいではないか。

音大に入ったときの楼閣は美しかったのではないのか。

いや、あれはきっと「砂上の楼閣」どころか単に錯覚だったに違いない。サハラの暑さにやられ、ローマのハングリーが重なり、蜃気楼でも見ていたのだろうか。

……………………

そんなはずはない……　ワルカー教授も、路上でお金を投げ入れ、声をかけてきてくれた多くの人々も、同様に蜃気楼を見ていたはずはない……　オレの「楼閣」はどうして消え失せてしまったのか……　無知・無恥・無謀のまま弾き続けるべきだったのか……

私の「蝶」は何故ヒラヒラと飛べないのか……

ゆううつの霧雨にビッショリと濡れ

突きつけられた現実

右手も左手も余りにも小さく、各指の長さが極めてバラバラな上に、手のひらの方へ曲げると各指が極端に内側にカーブする。

なぜ私の指が支離滅裂な動きをするのか、一目瞭然だ。とにかく相手は、与えられたエネルギーに純粋に反応するだけの物理現象。手が小さかろうと、指が曲がっていようと容赦はしない。力学の法則に従って厳密に振動するだけ。

物理的、力学的に考えることは、「何故満足できる音が出ないのか」という問いには答えてくれるが、結局私の手では満足できる演奏どころか、良い音ひとつ出せないという結論を突きつけるだけ。

はまり込んだ泥沼

不可能という氷に閉ざされても、ギターを再びケースの中に閉ざすことはできなかった。いつの間にか私は、リターンできない泥沼にどっぷりと浸かっていた。

蝶がヒラヒラと飛んでいないことに気がついてから、どんな曲も弾く気がしなくなるまでにそう時間はかからなかった。あらゆる曲のいかなる部分も聴くに堪えない。

ポツン、ポツンと、ただひとつの音をいかに良くするかに没頭し始める。不可能と思えば思うほどムキになる。

ギターを弾くための練習が、どうして指が動かないように練習をしているのか。自由自在に弾けるようになるために、何故必死に指を束縛するよう練習しているのか。その目的も理由も練習の方法も、すべてがはっきり認識できないまま夢中になっていった。

「ひとつの音をよく出せない限り、何をどうあがいても無駄だ」と、肝に銘じるまで何年もかかり、実際にひとつの音を集中的に練習できるまでにまた何年もかかり、微かに満足できそうなものを感じられるまでに更に……

スポーツの世界でも百分の一秒を競っている。一日百分の一ミリ指の改造をしたら、一年で三〜四ミリの改造ができる。二、三年もすれば充分のはず。こういう根拠のない計算をしても意味はないと思いつつ、休んでいる暇はないとますます躍起になる。その上この計算には、仮定の段階ですでに大きな誤りがある。老骨の改造が直線的に伸びるとは限らない。十日間練習したら三〜四日間分、いや、六〜七日間分、戻っているかもしれない……ひょっとしたら、マイナス！

映らない現実

鏡に右手を映して、指がくっついているかどうか見ながら練習することを生徒にも強く勧めた。しかし、レッスン中に鏡を持ってくるようには言わなかった。自分がまだできていないせいか、確信を得ていなかったせいか……

そんなある日のレッスン中、生徒が指のくっつき加減をギターの表面板と手の平の間を通して上から見ているのに気がついた。

自分でもしてみた。ナント、鏡には映らない現実が見えた。いかに思いきり指をくっつけても、弾弦に直接関わる指先は内側への曲がりのためあらぬ角度で弦に向かっている。いくら練習しても「直角」を掴めない理由が分かった。指先の角度を変えればいいのだ……

現象がひとつ解明される度に理想への道が遠のいていく。

「直角弾弦」とは、一体何が何に対して直角なのであろうか。

弾弦に直接関わる指先とは詰まるところ爪であり、爪は弦に対して直角というよりむしろ平行と言った方がピンとくる。指を真っ直ぐなものとし、その中心線が、爪の先が描く円（指によっては少々尖り気味だが）の先端を通る中心線に一致し、爪の先端をかすめる接線が弦に対して平行な状態で弾弦するのが理想的である。指と爪の一致する中心線のみを考えれば、その中心線を軸に回転する方向で爪が弦に対して斜めになっても中心線は相変わらず一致していると言える故、常に理想的とは言えない。従って重要なのは「爪の先端を通る接線が弦に対して平行」ということで「平行弾弦」と言った方がいいかもしれない。しかし、鏡に映る指や上から覗いた指を見ながら練習するとき、やはり「直角弾弦」といった方が視覚的に掴み易い。ただ最終的に必要なのは爪先端接線の「弦に対する平行弾弦」を感覚的に掴むことである。

「言うは易く行なうは難し」、論理的に理想を描くのは大して難しいことではないが、何故現実はこうも厳しいのだろう。

毎日毎日、何年練習しても何故何も掴めないのだろう。理論に間違いがなければ前提条件に誤りがあるはずだ。「指を真っ直ぐなものとし」という唯一の前提条件が誤りなのだろうか。

初心者である生徒に指をくっつけての弾弦をやらせても、それほど難しがらずにやってのける。私の手ほど弾く度に各指の間がパカパカ開く生徒はいない。

誤りはどうやら前提条件を満たさない私の手自体にあるようだ。

——そんなにオレの手って特殊な構造をしているのか！　おまけに融通のきかない、柔軟性をとっくの昔に失った老骨だ……


理想への道が遠のくような現実直視は止めた方がいい。

空回り

「止めた方がいい」と言っても理想を求めれば目前に現実が立ちはだかる。

もうひとつ、新たな問題が浮かび上がった。各指の神経はかなり親密に結ばれている。常に仲良く同じ方向に行こうとする。

——どうあってもこの仲は引き裂かなくてはならない！

各指が自由に独自の方向へ動けるように、弾弦する指以外の指は他の弦に固定して練習をした。最終的にどの指も弦に触らずに手全体を空中に固定し、微動だにしない手の内で各指が自由自在に動けるはずだった。

何千回も、何万回も、何ヶ月も、何年も練習したが無駄だった。躍起になると常に忘れる重大なこと――ひとつの音が満足できないうちに、いくつもの音の連続が上手くいくわけがないということ。

「急いては事を仕損じる」と分かっていても、中々一本指の練習に留まっていられず、いつの間にやら二本、三本と指の数は増えている。ふと「これではダメだ！」と再び一本の指に戻る。

何度これを繰り返したことだろう。

永遠に来ない明日

曲を弾かなくなった、いや、弾けなくなってから久しいが、私のしていることは一体何なのだろう。ゲージュツどころか、音を楽しむオンガクですらなくなっている。

ただひたすら、良い音はどう押弦し、どう弾弦したらいいかを追求している。ポツン、ポツンとただひとつの音を……　ギターの練習ともいえない、まるで物理実験でもしているかのような毎日。

――バケガクの実験だったらな～～　薬品の調合を誤って……爆発！
立ち昇る煙が消え去った後に……理想の手が出現！　ナンテことになったかも……

理想は遠のくばかり

指先の細かい動きなど大して気にしなくても良い音を出す人が多々いるのは、そうしなくても充分なエネルギーを得ることのできる指を持っているからに違いない。持たざる者は最良のフォームを身につけ、いや、指につけ、持てるエネルギーの百二十パーセント発揮せねばならない。それも無限に連続するその音のひとつひとつにだ。

強い音だろうと、弱い音だろうと常に芯のある良い音を出すにはどうすべきなのか。

いかなるスポーツにおいてもフォームが重要なのは言うまでもない。でたらめにバットを振り回しても百発百中快心のホームランは打てまい。おまけにボールは変化して飛んでくる。直球のみではない。

弦は一直線に張られ（当ったり前！）微動だにしない。問題はひん曲がったバットとでたらめな振りにある。バットを真っ直ぐに作り変え、快心のホームランを打つための正確な振りを常に生み出すフォームを身につけなくてはならない。

再び「理想」は遠のいてゆく。

泣いたギター

ウィーン国立音大は私にとって何だったのか。超一流ギタリストの弟子になったのではないのか。師が一流でも弟子が三流以下ではどうにもならない。小学生が何を間違ったか、いきなり大学院へ入ったようなものだ。音楽の殿堂では、どのように演奏するかを助言してくれても、どうして弾けないのか、どうしたら弾けるようになるかは教えてくれない。そんなことは論外なのだ。

——ちょっと路上で稼いだぐらいで、世界的名門校の扉を叩くなんて…… 増長するのも甚だしい！ ギターをアマク見るんじゃねーよ！ ということだったのか……

在学中、ワルカー教授は一度だけ私のギターをひったくるように取り、「ギターはこうして弾くんだ！」とばかりに弾いた。わずか数十秒足らずの出来事だったが、ギターが泣いた。

——オレのギターもこんな音がするのか！ ……唖然とした。

これを機に音の良し悪しを追求すべきだったのだろうが、何とか課題をこなすのに精一杯だった私にそんな余裕はない。更にチラッと記憶に残っている教授の左手は、およそ「垂直押弦」とは縁のないものだった。当時は押弦の仕方などそれほど気にせず、手が小さいからこんなもんだろうぐらいにしか考えていなかった。小さいが故に一層大きく開く努力をしなくてはいけないと、どうして考えなかったのだろう。

いや、努力はしていたはずだ。夜、学生寮のベッドに横たわり目を閉じれば、左手がズキンズキンと痛んだ記憶がうっすらとある。要するに効果のない範囲内ならばその痛みも無意味だということだ。努力は常に実りをもたらすとは限らない。実りがなければそれを徒労という。「骨折り損のくたびれ儲け」だ。

教授の手は私の手より多少大きいかもしれないが、体格からしてそれほど違わないはずなのに、「指の角度なんか気にするな！」とばかり思い切り斜めの押弦。数十秒足らずの演奏だったから何とも言えないが、瞬間的に教授の手は大きく、力強く思えた。

師と教則本

やはり、幼少の頃から指の間隔を広げる練習をしなくてはならないのだろうか。私のように老骨となってからでは遅すぎるかもしれないが、右手にしろ、左手にしろ、どう練習したらいいか分かっていたら、年齢は、プロの演奏家を目指す人は別にして、そう気にすることはないのではなかろうか。若いにこしたことはないが、最も重要なのは練習の仕方、根気強さ、それに弾きたいという気持ちだろう。

名演奏家を師にしたところで、その指導を受け入れる技量がなければ「絵に描いた餅」である。何故ギターを始めた高校生の頃、人から学ぼうとしなかったのだろう。

始めて間もない頃、学生だった兄が帰省したとき、フラメンコのソノシート付き楽譜を持ってきた。基本練習なるものを何もしないうちから、練習曲なるものを一曲も練習しないうちから、ソノシートのように弾きたくなった。

フラメンコの教則本や楽譜を探したが、「フラメンコって何ですか？」と、店員に訊き返されるくらいの田舎に住んでいたため、兄の帰省を待つしかなかった。ましてや「先生」などいるはずもない。

だいたい何でもひとりでするのが好きだったたし、ギターを人から習おうなんて思ったこともなかった。アポヤンド奏法とは……フムフム、アルアイレとは……ウムウム、音階的フレーズはアポヤンドで、アルペジオはアルアイレで……ナルホド。フラメンコの特殊な弾き方にしたって、楽譜についている説明でなんとかなると思っていた。

なんとかしようとガムシャラに……　ガシャガシャ、ガンガン……　ゴルペ板の貼ってないギターで……フトモモの上に木のクズがたまり、「ウルサーイ」とお隣の家から苦情が……その後、基本練習も簡単な練習曲も余りやった覚えがない。し始めたのは人に教えるようになってから！　音大の入試課題に何故音階があるのか訝ったぐらいだ。だが、もし基本練習をやっていたとしても、押弦や弾弦をいかに練習すべきかを根本的に教えてくれる「先生」がいなかったら、結局同じことになっていただろう。不思議なことに、そういう根本的な押弾弦の仕方や練習法について書かれた教則本に出会った覚えがない。

——まてよ、自分の指がかなり特殊な構造をしているために、これほど不満足な押弾弦しかできないのだとしたら、ほとんどの人が音階、いろんなパターンのアルペジオ、練習曲が盛りだくさんの教則本で上達するのも……不思議なことではないっか。

歪む笑顔

二〇〇二年秋、ウィーン日本人学校へ通う中学一年生のO君が生徒になった。

始めて二ヶ月足らずで小さな集まりの場で弾く話が出た。せっかくの機会だから止めさせる気はなかったが、いきおい曲の練習に傾くのを怖れた。基本練習を充分してから徐々に曲を取り入れたかったが、やはりその場用の曲を取り敢えず練習することになる。

基本練習で培ったかなり良いフォームも、曲の練習になるとほとんど例外なく崩れてしまう。かといって自分がしているように、ひとつの音にこだわって何年も曲を練習させない訳にはいかない。何年どころか何ヶ月も曲らしきものを取り入れなかったら、せっかくギターを始めた生徒もやめてしまうだろう。

最大の問題は理想の押弾弦を自分がまだできていず、そのための練習法も確立していないことだ。自分の手が極めて不都合な構造をしているからだ、なんて言っても生徒が納得する訳がない。理想の片鱗でも見せなくてはならない。（愚かにも、無知・無恥で弾くことの大切さに気がついていなかった）

時間はいくらあっても足りない。

その頃妻は、ほとんど毎晩のようにドイツ語を教えに日本人のところへ出かけていた。日中仕事をしている人は、夜しかレッスンを受けられないからだ。私は末娘を寝かせると、妻が帰宅するまでギターを抱えるようになった。一日中ギターを抱えた疲れも、再びギターを抱えると不思議と消し飛ぶ。遂には疲れて、ソファに寝っ転がったままギターをつま弾く……　それを見た娘の唖然とした顔が忘れられない。（部屋に入るときはノックぐらいしろッツーノ）

しかし、夜ぐらいは休むべきだった。体中がこわばり、腰と肩に痛みが走り始めた。体がぶっ壊れ始めているのを感じたが、埒のあかない練習にますます拍車がかかる。ギターを抱えられなくなる前に何かを掴みたい。体の痛みは悪化していったが、ギターを抱えている間は何も感じなかったため休むことができない。

生徒にレッスンをし終わり、「ハイ、今日はこれまで！」と立ちあがる時、痛みに笑顔が歪むようになった。

ラストチャンス

冬休みも近づいていたそんなとき、O君の家族全員まとめてスキーを教えることになる。お喋りの成り行き上引き受けてしまったが、こんな体でスキーなんか教えるどころか、一体自分で滑れるのか心配になる。

指だけでなく、体全体のトレーニングをしなければ、いつかどうにもならなくなるとは何年も前から思っていたが、たったひとつの音に満足できないうちに過ぎ去ってしまう日々はどうしても他のことをする気にさせてはくれない。

学生時代スポーツで鍛えた体だと、三十年も前のことを引っ張り出して「まだダイジョーブだ」と自分に言い聞かせ、もう少しギターに余裕が出たらスポーツでもなんでもやってやろうと、「すでに老骨！」を棚に上げ……

家人にはどうしようもない怠け者にしか見えないようだった。ギターを口実に「怠け切ってる」と自分で思わないこともなかったが、そろそろ体の限界が意志も怠惰も追い越そうとしているのを感じた。

ギターのレッスンならいざ知らず、スキーのレッスンとなったら体全体を動かさなくてはならない。思案の末、週に一度だけ水泳を始める。それも家人が家にゴロゴロしていて、どっちみちギターの練習ができない日曜日の午前中。妻の不満は時々爆発したが、皆が出かけ、ギターに集中できるウィークデーを水泳に費やしたくはなかった。

彼女の不満はこのときに始まったわけではない。もう何年も前からギター以外は、食器を洗い、炊飯器のスイッチオンをするくらい……

ギターを置くと慢性の疲労感に何もする気がしない。明日にはギターに余裕ができるから、掃除でも、整理でも、買い物でも、何でもやってやろうと思って何年も過ぎた。そして、その明日は永遠に来そうもない。

家に居ながら何もしない私への風当たりは、日増しに激しくなっていったが反論はできない。口論しても無意味だ。その聞き流す態度が火に油を注ぐ。私の閉ざされた耳、つぐまれた口もたまには爆発する。だが、反論にギターを持ち出すことはできない。先の見えない練習に体はぶっ壊れかけ、疲れ切っているのに止められないのは何故なのか、自分でも分からないことを反論の根拠にはできない。相手を説得するどころか、麻薬患者からヤクを取り上げるようにギターをぶち壊されるかもしれない。

スキーを教えるために始めた水泳は、延命のためのラストチャンスだったようだ。自分の体は、何年も風雨に晒され、錆びついたマシーンのように手足を動かす度に軋む。平泳ぎのひとかき毎にボロボロと体が崩れるようだった。プールの端から端まで五十数回もがいてやっと辿り着いた。一年後くらいには二十数回にまでなったから、始めた当時のひどさがうかがえる。

週に一度、小一時間では少なすぎると思ったが、日曜日の午前中は二度ない。ギターの練習の合い間に体操でもすればいいと分かっていたが、ギターを離すと体操なんかする気がしないくらいかったるい。ホンノもう少し練習をしてからと思いつつ再びギターを抱えてしまう。曲を弾いて楽しんでいるわけでもないのに、何故だか分からない。

いつの間にかまた日が沈む。家族の邪魔が入らなければ……どうなっていたのだろうか。

……ギターらしきものを抱えたままのミイラ発見！　身元の特定、困難を極め……

水泳のおかげで何とかスキーのレッスンはこなした。

震える手

翌年二月、ウィーン日本人学校で児童・生徒によるコンサートが催され、当然O君も登場。止せばいいのに私も伴奏のためノコノコと出かけた。

薄ら寒いホールで一時間以上ジッと出番を待つ。そして、楽屋裏でのウォーミングアップもなしにいきなり客席から前へ……　上がっていたのか、筋肉の疲れからか、それともトシのせいか、調弦のために持ち上げた左手が空中で震えた。とにかく、ジョーダンではなかった。「力」であったはずの「無恥」が「有恥」に変わり……　なんとか弾き始めたが弦が押さえられない。カチカチに固まった左手指の頭は、ツルツルと滑って弦を捕まえられない。あせりにあせりますます弦に逃げられる。

本当にジョーダンではなかった。

――練習ですら曲を弾いていないのに、よくぞ人前になんか出てきたものだ！　明日には完成すると思いつつ今日を練習しているのだから、コンサートの日までにはダイジョーブとでも思っていたのだろうか。

無残な結末！　単身無防備で敵陣に突っ込んだ浅はかな兵士。

――このコンサート、もう一週間後だったら完璧だったのになあ……

と、性懲りもなく思いつつそそくさと逃げ帰った。懲りなかった証拠に、その次の年もノコノコと出かけて恥の上塗りをする。

幸か不幸か、「三度目の正直」はなかった。O君は高校受験で帰国していた。

すがるワラ

水泳のおかげか決定的に動けなくはならなかったが、腰と肩の痛みはなくならない。だが、医者へは行きたくなかった。一度行けば確実に半日はアッという間につぶれる。

二〇〇三年秋、痛み始めて一年にもなろうとした頃、さすがの怠け者も重い腰を上げた。妻にせっつかれたこともあるが、自分自身不安を消し去りたかった。

案の定二、三日はつぶれた。

十枚あまりのレントゲン写真を裏から照明して見るのに、ドクターは十秒と要しなかった。もう少し念入りに見て欲しいと思いつつさすがプロだと感服する。腕の良さそうなドクター、どんな治療をしてくれるかと期待したが、「スポーツをしなさい！」と言っただけで忙しそうに診察室を出て行った。

ガックリしている私に、看護婦（時すでに二十一世紀……が、「看護師」はどうにも使う気はしない）は取り敢えず一週間分の痛み止めをくれる。

結局週一度、一時間ばかりの水泳では少なすぎることを確認しただけ。予約はあって無きに等しく、永遠に待たされる医者通いは二度としないぞと決心を固め、痛みは自然消滅に望みを託した。幸いギターを抱えている間だけは痛みを感じることはなかったから、練習は続けられた。水泳はもう少し余裕がでたら、と回数を増やすことはなかった。通院前後で変わったことといえば、「スポーツをしたら治るんだ」という、医師の保証付き確信を得たこと。

肩の痛みはやがて消えた。腰の痛みは時々またかと思うぐらいになった。

すべてファタモルガーナ

二〇〇四年の夏、日本へ一時帰国する途中、メキシコへ行っている長男を除く家族共々マレーシアのとある島で休暇を楽しんでいた。いや、私だけは楽しんでいなかった。いつの頃からか、多分自分が出すギターの音に満足できなくなって以来のことと思うが、何をしても楽しめない。妻が走り回って準備する格安の休暇（とはいえ頭数多く、飛行距離の長い毎年の夏期休暇、常に空っぽとなりし我が家の財布を秋風が吹き抜ける……）、夏だろうが冬だろうが私はただノッソリとついて行くだけ。

浜辺の長いイスに横たわり、身を焦がしながら潮の香りに包まれて、砂漠の旅を考えていた。三十年前のサハラの旅ではない。末娘の誕生後、再びギターを抱えてからの「座ったままの旅」である。家族に囲まれた喧騒の中の孤独な旅。たったひとつの音が輝いてくれさえすればいいだけのオアシスを求め、息も絶え絶えの旅。

妻と末娘がニモの住処を見つけたと大騒ぎをしている。私にも「見に来い」とは、家族の誰も言わなくなっていた。ひたすら自分のオアシスを求めてさ迷う夢遊病者に愛想を尽かしたのだろうか。いつかオアシスを見つけたら家族皆を呼んで楽しめると思っていたのに、「時すでに遅し！」の感がする、が、どうにもならない。何度もオアシスを見つけたと思ったが、すべて錯覚だった。ファタモルガーナ！


ギターから解放される休暇の日々、強制的休息。いくらあっても足りない時間が無為に過ぎてゆく。休暇後の有為の時間を思うと、これまた楽しめない。何年かかっても有為の時間を有意義にできない。さっさと満足してしまえば幸せになれるかもしれないのに、進めば進むほど後戻りしている。家族との幸せがどんどん逃げてゆくのを、ただ空しく見送るだけ。

一体私は何をしているのか。地平線に浮かぶオアシスは、「今度こそ本物だ」と思わなければ、その場にうずくまり乾き死ぬのを待つしかない。

この砂漠の旅はいつまで続くのだろう……

すべてが白紙に

サンドフライにやられた体のあちこちをボリボリ掻きながら、「教則本でも書こうか！」と思い立つ。これまでの試行錯誤の練習からほぼ理想のフォーム、理想の押弾弦は思い描くことはできる。それも「明日には完成する」はずだ。教則本を書くことを目的に加えれば、空回りしている練習にも少しは具体的な意義が見出せるに違いない。やり場の無い空しさにも、何かしら変化が生じるかもしれない。

おもむろに立ち上がってニモの住処を見に行った。

ウィーンに戻ったらすぐにでも書き上げようと、島にいるうちにメモり始める。

お盆過ぎ、ウィーンへ帰る直前、親戚一同集まりお別れの会食をした。当然の事ながらギターを弾くことになる。

「ギターを教えていますが、曲はほとんど練習していません」とは言えない。

兄のギターで何曲か弾いた。アルコールは素晴らしい解放剤だ。精神も指も自由に解き放してくれる。解き放された指は自由に、勝手気ままに躍りまくる。

しかし、弾きながらふと思った。これでは「ちょうちょう」がヒラヒラ飛んでいないことに気づいた以前と同じではないか。ほとんど何も変わっていない。「無知・無恥は力なり」と思えなくなって久しいが、これほど何年にもわたる必死の練習が無駄だということを突きつけられては「無知・無恥」が懐かしくなる。

――「無知・無恥」を復活させるには……　ちょっと飲み足りなかったかな～

すっかり酔いが醒めてしまった帰り際、ほろ酔い顔のドクターが私に言った。

「いいですねー、感情を自由に表現できて……」

自然に流れ出た声だったが、私の方からは自然な返答は出てこない。

「ギターは……ホント……いいですねぇ～」

しどろもどろにそう答えて苦笑いをした。

書こうとしていた教則本は、若干遠のいたような気がする。

ウィーンへ戻って再びギターを抱える毎日が始まる。

教則本はもう少し練習してから書こうと思いつつ、またまた効果のない練習を「明日には完成する」と思いながら繰り返す毎日。

それから間もなく、親同伴の子供の誕生パーティーがあった。末娘と先に出かけていた妻から「ギターを持って来るよう」電話。今度こそ手応えを感じていた私は、ホント性懲りもなくギターを携え、勇んで出かけた。

相変わらずだった。

九月の夕べの空気はフレッシュで左手指頭はカチカチとなり、弦をとらえ切れず不確かな押弦、限りなくランダムな弾弦。曲を練習することもできないうちに、人前で弾くなんて愚かなことを何度繰り返したら……

目の前に座り込んで聴いていた女の子が、ニコリともせずに「ちっとも良くなかった」と正直に言った。余りの正直さに度胆を抜かれ、

――言われなくても分かっとるワィ！　と冷や汗をぬぐった。

「二度と人前でギターは弾くまい」と心に誓った……　アルコールなしでは……

――酔った弘法、筆を……　いや、指を選ばずジャ！

汝迷うことなかれ、己の道はすでに決められた。「理想の押弾弦追求」なる悪癖は全面的に排除し、ひたすら「アル中」への道を歩むべし。されば再び、輝かしき「無知・無恥」の栄光がもたらされるであろう……

少しも弾けるようになっていないということは、全く効果のない練習をしているということだ。砂漠の旅人にオアシスの美しさを説いても、そこに到達する道標がはっきりしないのでは意味が無い。

——もし教則本が書けても、その練習法の素晴らしさをデモることができないではないかッ！

すべてが再び白紙に…… 書こうとしていた教則本は、遥か彼方に消え失せた。

飛び散ったコーヒー

同年十二月、左肩、腕の付け根が痛み始めた。幸か不幸か、これまでの様々な痛み同様ギターの練習中は感じない。「明日完成するかもしれない」と思うと、今日の練習を休むわけにはいかない。

例年になくクリスマスが早く来て欲しいと願った。イブに向けて部屋の片付け、クリスマスツリーの設置、飾り付け、その後恒例のスキー休暇と、ギターを抱える時間は年が明けるまで無くなる。子供たちが首を長くして待つクリスマスも、スキー休暇も、ギターの練習を邪魔する外乱としか思えない自分が時々寂しかった。一緒に楽しめるまでにはもう少しの辛抱だ、と思いつつ何年も過ぎてゆく。まだ幼い末娘のいることがせめてもの救い。

そしてこの年は、痛みが休息を要求してクリスマスが待ち遠しい……

そんな時、何年ぶりかで翻訳の依頼があった。医学関係で日本語をドイツ語に、それもかなりの量があるという。年が明けても、ギターに没頭できそうもない状況に断りたかったが、抵抗空しく妻はさっさと引き受けてしまった。

ドイツ語を教えることのない時間は、末娘を連れて目一杯遊びまわってくる妻に一片の協力も期待できない。(協力されてもジャマなだけだが……)引き受けた奴がやればいい、と言ってみたところでどうにもならない。結局私がせざるを得ないのは火を見るよりも明らか……何でもかんでも引き受けて、ゼーンブ私に押し付けるのは、マアいつものことだが……

左肩の痛みはますます悪化し、物が持てなくなる。

レッスンに出かける時もギターを運ぶのは右手のみ、持ち替えることができない。幸い物を持たなければ痛みはほとんどないので、ちょっと注意すれば家人に気づかれなくて済んだ。

「そんなにしてまで埒の明かないギターを!」とアホ扱いされ、時間の浪費でしかない「医者へ行け!」とせっつかれるだけだから、ひた隠しに隠した。

ある日の朝食時、うっかり左手でコーヒーカップを持ち上げてしまった。左肩に痛みが走り、思わずカップをバタンとテーブルの上に落とす。コーヒーが若干飛び散ったが、幸いカップはひっくり返るほど高くは持ち上げられなかった。家人の視線がいっせいに私に向けられ、沈黙が流れる。

「手がすべっちゃって、ゴメン!」というような顔をして、右手でテーブルを拭く。「クリスマスまであとちょっとの辛抱だ」、と思いつつおもむろに右手でコーヒーを飲んだ。

篭城

待ちに待ったクリスマス直前に翻訳の原稿が届いた。サッと目を通しただけで引き受けたことを深く後悔する。(ン、オレ引き受けた覚えないんだけど……)意味不明の語が多々あり、普通の国語辞典は役に立たない。医学用語だから当たり前だが、

——日本語自体理解できなくてどうやってドイツ語に翻訳しろというのだ!

ビッシリと書かれた十ページ余りの原稿。それだけでも何ヶ月かかるか……　いや、できそ

うもないのに、五部のうち一部だけ早急に送ったと記されている。

——こんなのがあと四部も来るのか！

〆切は二月末日、途方に暮れる。クリスマス、スキー休暇と肩を休めるには良かったが、気が休まらない。

年が明け、正月早々できそうもない翻訳を始めた。原稿の内容は「歯の不正咬合」に関する論文、症例、矯正治療の経過報告などである。上下の歯がうまく咬み合わないだけで何もこんなに……と、仕事にありついたことを喜びもせず、ギターの練習ができないことを悔やんだ。せめて一日一時間くらいはとギターを抱えたが、気乗りしないだけでなく、とてもそんな時間がないことを思い知らされる。

ひとつの単語、ひとつの文章を理解し、適切なドイツ語にするだけでも何時間、何日間かかるかもしれない。文献も読まなくては理解できない。歯科専門用語の分厚い辞書と首っ引きで読もうとしたが無茶苦茶だ。文献のドイツ語には頻繁にラテン語が混じっている。辞書で調べてもその語の説明の中にまたラテン語が出てくる。

味わうこともなくかきこむだけの食事と、トイレ以外は部屋に閉じこもる生活となる。

唯一の息抜きは、右手にギターを持ち、レッスンに出かける時だけ。

引き受けたからにはやらねばならぬ。やらなければ終わらない。終わらなければギターを練習できない。とんでもない悪戦苦闘を強いられた。

妻をはじめ子供達といえば、夜な夜な日本のビデオを見て……

——ムカーッ、一体誰が引き受けたってンだ、この仕事！

歯の矯正といえば、上の娘は二人共、長期間治療を受けていた。「歯並びを良くするために何とまあ御苦労なこった！」と苦笑して見ていた。しかし、この仕事のおかげで不正咬合が引き起こす様々な健康障害を知る。

「面倒でもさせておいて良かったかな」と思った。

更に、不正咬合の各種分析法、治療のための様々な器具、根気強い治療と弛まない研究者集団の努力を知った。その中心的人物と思われる某歯科大学のS教授は、独自の分析法で世界的な権威者であることも文献で知る。

翻訳も終わり頃、原稿の不明な点を日本に問い合わせた。ナント、当のS教授が丁度ウィーンに滞在しているから直接会って訊いてくれとの返事。彼の逗留するホテルへ向かう。彼らの貴重な原稿を独訳しているのが、何にも弾けないギタリスト（ン、弾けなかったらギタリストとは言わない！）だと知ったらどんな顔をするか、少々気が重い。しかし、案ずるには及ばず、「実るほど垂れる稲穂」の落ち着いたやさしい年配の紳士。ほのぼのと心あたたまる帰路であった。

〆切まで一週間ばかり余して終わった。

左肩の痛みはまだ少々残っていたが、また明日からギターに没頭できるとウキウキしながら最終チェックをした。さっと終わらせて依頼主に提出しようと思ったが、そうはトンヤがおろさない。細心の注意を払ってタイプしたつもりだったが、量が量だけに結構ミスが見つかる。その上、タイプのミスだけでなく意味不明の訳文、抜けた箇所まである。

こうして残りの一週間は、期待に反して再度閉じこもりの苦闘を続ける。そして二月末日、肩の痛みは全く消滅し、分厚くなった翻訳を提出した。

徹底的矯正

「為せば成る」と満足感に浸る暇もなく、再び「為しても成らぬ」押弾弦の研究に性懲りも無くとりかかる。

足りない痛み

ふと、歯の不正咬合と、どうしても良くならない私の指の不統一な動きが重なった。世の多くの人々が歯並びなど気にせずに正常咬合をしていることと、世の多くの人々が苦も無くギターを楽しんでいることが重なった。

「歯」の長さも向きもバラバラで、固定する軸までが曲がっている歯車が回転するように、ギクシャクした動きをする私の指は、正に矯正治療が必要なのではあるまいか。

S教授等の矯正治療は、不正咬合の発現を人類の進化、つまり、人間の直立二足歩行に伴う顔面頭蓋の形態的変化に起因することを解き明かし、骨格のバランスをも考慮した力系を適用しつつ行なわれている。様々な器具を用い、何年もかけて治療をする。それでも「後戻り現象」に悩まされることもあるという。「後戻り現象」とは、一度は正常になったものが再び悪くなることだ。その点私の指は一度も理想状態になったことがないから「後戻り現象」の心配はないが、できたらいつかそんな心配をしてみたいものだ。

無知は力にならず、有知は私を絶望に追いやるだけ。

何かを知ると常にそれまでの練習が無駄に思えてくる。考えて見れば、私の指に必要なのは矯正なのだ。これまでしてきた「垂直押弦、直角弾弦」実現のための練習も、時折深刻な痛みを伴う矯正だったに違いないのだが、要するにまだまだ不充分だということだ。明確に「徹底的矯正」を意識した練習ではなかった。

歯の矯正治療報告は、私のこれまでの矯正なんか「まだまだ痛みがゼーンゼン足りませんよ！」とでも言いたげだった。器具を使っての指の改造を思ったこともあるが、考えるのも、作るのも面倒だし、老骨ゆえひび割れすることが心配だった。

当然のことながら、歯の矯正においても発育期の早期コントロールを推奨している。私の発育期とは何十年前のことだろう。すべてが遅すぎなのだろうか。

指の矯正なんて、遅すぎなのは百、いや千も万も承知しているはず。だが、やりたいことをやるのに早いも遅いもない。放棄したかったらとっくの昔にしていたはずだ。

嫌というほど繰り返してきた絶望には、すでに麻痺していたのだろうか、

――残されているのは徹底的矯正あるのみ！　と突き進む。

麻痺する感覚

まずは右手人差指に焦点を当て、アルアイレによる弾弦を考えた。どうしても思うような角度がつかず、エネルギーのほとんどが失われるような気がしてならない。親指を⑥弦に引っ掛け、他の指をくっつけたまま内側に曲げ、人差指で①弦を弾弦しながら角度が充分つくまで手全体を下げてみた。親指は⑥弦から外れ、⑤弦にも届かなくなり、④弦でようやくストップした。「何という小さい手だ！」と悔やむことはもうしない。このときはまだ決定的な原因が他にあることに気づいていなかった。

思いきりくっつけて曲げた指はというと、第一〜二関節の外側がギターの表面板に突き当たり、それ以上は手を深めることができない。仕方がないから指を表面板に押しつけたまま、できるかぎり人差指の第一関節を曲げるだけで弾弦の練習をした。中指は他の指に比べとりわけ長いため表面板に押しつける力が一層強く、そのうち水脹れができ、痛くてこの練習はできなくなる。

他の指を固定しながらの指一本の弾弦練習は、これまでアルペジオのフォームで何年もしてきたが、決定的な何かが欠けているように思えてならない。練習に効果がなかったら何年も同じことを繰り返すべきではない。しかし、気がつかないか、考えても分からなければ、結局無効果な練習を繰り返すしかない。マンネリ化した練習に新風を吹き込むのは容易ではない。適時、適切なことを教えてくれる人なり書物がなければ、自ら思考の転換をすることは極めて困難と言えよう。まさかあれほど練習時間を食いつぶすと嫌悪した翻訳が、新風を吹き込むとは夢にも思わなかった。それどころか、悪ければギターが弾けなくなっていたかもしれないあの左肩の痛みを、際どいところで完治してくれた。二ヶ月以上の安静が必要なことをもし知っていたとしても、こんなことでもなかったら決して自ら休息をとることはなかっただろう。

しかし、その新風も最初の人差指で行き詰まったかにみえた。いくらなんでも水脹れをゴリゴリ押しながらの練習は続けられない。

多くの人は、ほんのちょっと注意しながら練習を繰り返せば上達するが、私の指はそうはいかない。

歯の矯正には器具を使っているが、私の矯正には自らの力のみだ。満身の力を込めて、引っ掛けた指の深さ、向き、強さがそろうようにし、満身の力を込めて一本の指の「直角－掻き上げ弾弦」を試みた。何千回だろうが、何万回だろうが止めるわけにはいかない。理想の一片でも感じるまで、止めるわけにはいかない。感じないうちに止めたら、次の日も、その次の日も何も掴めないかもしれない。

「明日完成するだろう」ではダメなんだ。今日完成しなくては先に進めない。

指が痺れてくる、手全体が痺れてくる、痺れは腕から肩まで広がった。まだ弾弦を続ける……指先の感覚が無くなってくる……止めざるを得なかった。

どいつもこいつもモンダイ指《し》

水泳の帰り道、どうして「直角−掻き上げ弾弦」が掴めないのかじっと指を見ながら歩く。右手の指を開いたり閉じたりして、じっと見つめながら歩く。

思いきり指を内側に曲げ、指先の爪と反対側の腹と指の付け根近くの腹をくっつけてみた。人差指だけがくっつかない。数ミリも離れていて、それ以上は近づけられない。弾弦するとき、掻き上げているつもりでも、エネルギーのほとんどが逃げて行くように感じるわけが分かった。傾けた柄杓からはドンドン水がこぼれてしまうようなもの。他の指を表面板にゴリゴリ押しつけるまで手を下げても充分でないわけが分かった。

思わず左手の指を曲げてみた。人差指も自力でくっつく。どうして右手の人差指だけがこうなのか……カラスに訊いても分かるまい。

おまけに、お隣の中指との長さの差が十数ミリ、押弦にしろ、弾弦にしろ一直線上に同じ角度で……

「あるのは矯正のみ！」、歩きながらでもできる矯正。右手の人差指を曲げ、左手の親指と人差指でつまみ徐々に力を入れたり抜いたりしてくっつける練習をする。左手が空いていなかったら右手の親指で押しつける。痛くて中々くっつけられない。休みながら無理してくっつけようとする。そのうち人差指が腫れぼったくなり、もっとくっつかなくなった。痛みはますます激しくなり、中断するしかない。

またひとつ、不可能に思えることが増えた。だからといって、知った以上今更止められない。休んでは繰り返す。何とか人差指だけの自力で腹どうしがやっと触れるまでに、十ヶ月以上を要した。触れるには触れたが、他の指の爪のように内側には向かず相変わらずやや外側を向いたまま。エネルギーのロスを感じなくなるには、まだまだすることがあるようだ……

他の指に比べて長すぎる中指は、角度をつけるには容易なはずだが、他の指が短すぎるため か引っ掛かりすぎて弾弦がスムーズにいかない。弾弦が強すぎて雑音も入りやすい。弾弦時にくねくねと動くのは、長過ぎるためとばかり思っていたが、結構引っ掛かりがなくなり、長過ぎを克服したかに思えても、何故か「直角弾弦」を感じることはできなかった。

左手の押弦でも中指はどうしようもなく長く感じる。長過ぎる分だけ横に傾くものとばかり思っていた。では、何故生徒の方がはるか容易に「垂直押弦」をするのか。練習量は私の方が何倍も多いはずなのに……

ジーッと左手を見た。何回も見たはずなのに、何十年もどうして気がつかなかったのだろう。中指は第二関節あたりからグウーンと薬指側にカーブし、真っ直ぐとした時の仮想中心線から指先で十ミリものズレがあった。反対側にこれだけ曲がっていたら、どんなに「垂直押弦」が容易だったことだろう。

思わず右手を見た。驚異的な彎曲は左手と同じだった。「垂直押弦」も「直角弾弦」もできない理由がまたひとつ明らかになった。

――いい加減にしてくれ！　とは思ったが、可能か不可能かなんてことはもはや考えなくなっていた。あるのはただ、「指先十ミリの矯正」のみ。カーブを正すべくますます力を入れなければならない。痺れが一段と増し、「ちょう」はますますヒラヒラとは飛べなくなる。矯正のためには満身の力を込めても充分ではない。それでも「ローマは一日にして成らず」と、再び来そうもない明日を信じるしかない。

「一日百分の一ミリ、一年で三〜四ミリ、後三年ばかりの辛抱だ！」と、相変らず、仮定の段階ですでに大きな誤りがあることにも気がつかず……

薬指は第一関節から指先の部分がかなり中指側に曲がっているが、それよりも大きな問題があった。アルペジオにしろ、トレモロにしろ小指を使うことはないから忘れ去られているが、人工ハーモニックスの弾弦は小指で行なう。弾弦をするからには「直角－掻き上げ」を目指して鍛えるべきだ。しかし、小指は第一関節から指先が言語に絶する角度で内側にひん曲がっている。

――これを他の指同様、真っ直ぐピッタリくっつけることなんか！

大きな問題というのはこんなことではない。「直角―掻き上げ」のためもあるが、小指だけあらぬ方を向いているのは少々見苦しい故、小指も他の指にくっつけ同一弦上に引っ掛け、さてそこで、薬指のみの弾弦を練習しようとしたが、ナント、薬指は金縛りにでもあったようにピクリともしない。全く動かすことができない。

指の動きを無限に小さくすればテンポは無限に上げられると単純な速度計算をしていたが、動く距離がゼロでは音が出ないことに思い至る。困った、動かないのでは練習にならない。

薬指が「何とか」動くようになるのに数ヶ月を要した。「直角―掻き上げ」どころではない。音が出るだけでもメデタシ、メデタシ。

メデタシついでに生徒にもやらせてみた。

「こんなのできっこないよ！」とは最初っから誰も言わなかった。

「……」

驚いている私を、怪訝な顔をして見返すだけ……

小指は極端な曲がりの上に、短くて、弱々しくて、悲惨だった。しかし、小指に角度をつけ、

「掻き上げ弾弦」を練習することで、浮き上がりがちだった薬指の角度も深くなり、音が見違えるほど、いや、聴き違えるほど良くなってきた。

輝くことなき石ころ

二〇〇六年三月末、記録的な寒さもやっと終止符を打ち、春を思わせる暖かさになった。——私の練習にも春が来た！　かに見えた。

帰国を目前に控えた若者に最後のレッスンをした。実質三ヶ月余りのチョー短期の生徒だったが、素直な指は私の教えた通りのかなりいいフォームで弾弦している。その重要性をしつこく説いたが、定着するにはまだ日が浅すぎる。おそらく帰国後、ひとりで練習を続け、もっと曲が弾けるようになればこのフォームも忘れ去られてしまうかもしれない。

音を楽しめたら、それはそれでいいのだ。自分の演奏に満足できたら言うことは何もない。最後に私も春を感じたところで、満足した演奏を聴かせようと弾いた、が、来たと思った春はまたまた錯覚。記録的な寒さの冬はまだ続いている。演奏を中断して別れを告げた。

春の日差しが、「キョーセーイが足りないよ!」とせせら笑っている。

家には学校を病欠の末娘がひとりで待っていた。私はイライラする。「矯正」のできない午後がどんどん過ぎ、私はイライラする。体が少々痛むし、休めということか……

娘はビデオで日本のアニメを見始める。私は新聞に載っている「スドク」をしながらチラチラと見る。そのアニメも終わり近く、主人公の少女が自作の物語を老人に読んでもらう。「とても良かった」と言う老人の感想に、少女は「ウソ! ウソ! 本当のことを言って下さい! 書きたいことがまとまっていません。後半なんかメチャクチャ。自分で分かってるんです」とまくしたてる。

「そう、荒々しくて、率直で、未完成で…… しずくさんの切り出したばかりの原石をしっかり見せてもらいました。よく頑張りましたね、あなたは素敵です。あわてることはない、時間をかけてしっかり磨いて下さい」と老人はやさしく答える。

——磨けば輝く原石! ならば、いくら磨いても輝くことのない原石って一体何なのだ。荒々しくて、率直で、未完成で…… 三十年前、ワルカー教授は私に、磨けば輝く原石でも見たというのか。無知・無恥・無謀なだけの、どうしようもない路傍の石ころにしかすぎなかったのに!

いかなる音大にしろ、いかなる教授にしろ、ただの石ころを磨く術など知っているはずがない。彼ら自身、元々ただの石ころだったなんてことはあり得ない。

この年の夏が過ぎる頃、「矯正」の効果を急激に感じ始めていた。しかし、曲の練習をする気はまだしない。生徒のところでたまに弾いてみて、そう感じただけ。いかに困難でもいいが、確実に良くなる練習法が欲しい。決定的な方法が欲しい。わずかでも手応えがあれば、ますます練習に没頭した。

絶望のないところには夢も希望もない。
性懲りもなく、絶望の内から希望が湧いてくる。
その湧き上がる希望とは一体何なのか。

無駄と知らずに練習していることは恐ろしい。それは何十年という歳月をも無駄にしてしまう。最初から目的がはっきりし、そこに達するための確固とした道標があったなら、いかに私の指が桁外れの「矯正」が必要だとしても、これほどの歳月を費やすことはなかっただろうに……

再び教則本を書きたい気持ちが湧いてきた。

……………

しかし、私のように「どいつもこいつもモンダイ指《し》！」なんて人はいるのだろうか。

消えゆく「今」

時間はいくらあっても足りなかった。ギター以外はすべて、失われてゆく時間。かつて無限にあった「今」は駆け足で過ぎてゆく。失われてゆく「今」が惜しくてならない。家族との「今」ですら、失われてゆく「今」だった。もう少しの辛抱だ、と言い訳をしながら……


木の葉が散った。

だが、私の長い冬は終わりを告げようとしている。

今度こそ「錯覚でない」と、錯覚をしていないことを祈って、必死に失われてゆく「今」を掴もうとしていた。

――不可能という壁は崩せばいいだけ！
と挑戦してきたが、それは苦し紛れの希望。壁の向こうに見える理想の押弾弦は、まぼろしの如く浮かんでは消える。
人によって差別はしないが、情状酌量もしてくれない物理現象に対する理想の奏法は、自ずと物理問題でも解くような、妥協を許さない精密機器の設計図となる。それは、なんとも奇妙な構造の私の指にとって「まぼろし」となっても不思議はない。
もはや私は、理論を現実化できずにもがくボロボロになったギジュツシャ……　家族を思う心まで失って……　ナンタルチア！

先に崩れるのは壁か、自分の体か、それとも家庭か。

ブザーが鳴った
妻と末娘が帰って来た
私はそそくさとギターを片付けた……

そして、二度と来ない「今」が消えた

しかし、この「失われた今」がなかったら、
とっくの昔に私は討ち死にしていたに違いない。
前哨戦すらまだ終わっていないというのに……

いまにみていろ！

自らの意志で閉じこもった空間は
もはや逃げ出すことのできない
閉じ込められた空間となる

何故こんな目に

ゴトゴトと電車に揺られ、
道行く人々をボンヤリと眺め、

どうして皆、あんなに幸せそうなんだろう……
と、ため息をつく。
あの樹の陰から、この建物の隅から、
ヤツの目が見つめている。
相手が異常者では飲ませる薬もない。
そのうえヤツは天才ドクターだ……

遂に警察沙汰

二〇〇八年十月、誰も「おめでとう」を言わなくなったヤツ（義弟）の誕生日。アパートのある建物の前を、ヤツが夕方からうろついている。「何かが起きる」と不吉な予感がし、オーマ（義母）に初めて自ら電話をした。

「何とかしてくれ！」

「彼は自由な人間だ。どこをうろつこうと関係ない」

せせら笑うような冷やかな返答にムカついた。

やがて、妻が帰って来たはずなのに一向に上がって来ない。

アパートのドアの小さな覗き穴から外を見る。ヤツが足早に階段を駆け上がり、いつもの如く携帯を耳にあて、叫びながら突進して来る。

「アネキが警察を呼びに行った！」

建物に入ることをヤツに拒まれ、妻も遂に堪忍袋の緒が切れたようだ。

末娘を寝かしつけたばかりの私は、

――ドアをガンガン叩かれては起こされてしまう！

と、とっさに思い、ためらわずにドアを開けた。

「バッテリー切れで（オーマと）つながらない！」

乗り込んでくるヤツを阻止しようと手を伸ばした。長身のヤツの腹のあたりが気味悪くグニャッと感じる。

「パパ、手を出したらダメーッ！」

傷害事件を偶然目撃し法廷で証言、「手を出したほうが負け」を目の当たりにしたことのある次女が、私を止めようとしてヤツにぶたれる。

長女が自分の携帯をかざし、「私のを使って！」とヤツに渡した。

ロウソクの灯りが揺れる薄暗いキッチン、無言で座るヤツに次女はコーラを注いだ。私は末娘が起きないようにとその場を離れ、重く流れる時に身を横たえる。

真夜中近く妻は制服、私服、各ひとりの警官を伴って帰って来た。オーマも現れる。

私はヤツの脅迫ファックス数枚を見せた。警官ですらその読む目は驚愕の色に変わる。ため息をつき、頭を振りながら、「二度とこういうことをしないように」とヤツに厳しく注意し、引き上げた。ヤツらも無言で引き上げた。

告訴、裁判なんて家族の恥をさらすようなことをする気はなかったが、さすが地方の名士親子、翌日ご丁寧に脅しをかけてきた。

「警察の記録なんか簡単にもみ消せるからな、余計なことをするんじゃないぞ！」

脅迫

二〇〇八年二月半ば、言いたくないことを言わなかっただけなのにヤツは「隠していた、嘘をついていた」と騒ぎ始め、私の家族に対するいやがらせ、脅迫は次第にエスカレートしていった。

彼らはウィーンの南、約二十キロのところにあるバーデンに住んでいるが、我々の住むアパートを含む二棟の建物はオーマの所有。当時私はそこの管理人として、安い家賃で食いつないでいた。

我が家をそのアパートから追い出すために、ヤツはまず、妻に市営住宅への入居希望を申請させた。このアパートを出ることは解雇を意味し、市営住宅といえども家賃は跳ね上がる。はした金の賃金といえども定職を持っていることはビザ、および健康保険維持のために必須の条件だ。

さらにヤツはこのウィーンの不動産、ヤツらの住むバーデンの庭付き一軒家、それに隣接するもうひとつの家屋、それらすべての遺産相続権の放棄を要求してきた。遺産なんて考えたこともなかった私はともかく、意味なく奪われるとなると妻はやはり頭にきた。弁護士をはじめ誰でも、そんなのに「決してサインなんかしちゃだめ」と助言する。

有り余る金と名声すらあるヤツが、遺産をひとりじめしたくてしていることではない。サインしてもいやがらせ、脅迫が続くのは明らか。

「アソツィアラー　アッフェ！」と、繰り返される罵りの電話。

「反社会的サルめ！」、いや、「非社会的愚か者め！」と訳したほうがいいカナ。どうみても社会に牙を向ける「反社会的」より、社会から乖離しがちな「非社会的」の方が私にピッタリくる。とにかく、余りの的確さに恐れ入るが感心する気分にはなれない。

夜中まで続く無言電話。家屋の管理人として、ギターの生徒との連絡手段として、電話を切ることができない。ファックスをはじめ、妻や子供たちの携帯には無数の罵りや脅迫のショートメッセージ。幸い私は携帯を持っていない（ことになっている）。

「強姦してやる！」

「死ね！　自殺するなら手伝ってやるぞ！」

「……」


ある日妻は、涙を流しながらうろたえて帰ってきた。

「今日、末娘が死ぬぞ！」と言われたという。

実際ヤツが手を下すとは思えなかったが、不愉快な気分はぬぐいきれない。

孤独の叫び

「おまえら、皆殺しにしてやるーッ！」

その、電話の向こうの（泣き）叫ぶ声に震撼しながらも、その根底にとてつもない孤独の寂しさがあるように思える。

ヤツがそれほどまでに孤独に陥ったのは何故か。

友達をまともにつくることすらさせず、ガリ勉へと追いやった冷たいヤツの母親。幼かった頃はまだ十数歳も年上の優しい姉がいた。そして……

その姉が二十歳の誕生日に付き合っている人としてバーデンの家に連れて来たのが、長髪、無精ひげを生やした東洋人、ナンとも将来性のない歳くったギター科の学生。一体どこの親がもろ手を挙げて歓迎しようか。三人もいる自分の娘のひとりでも、そんなのを連れて来たら逆上するかもしれない。

「どうして娘と付き合っているんだい？」と、彼女の父親に訊かれたとき、

「（インスタントラーメン食べに）しょっちゅう訪ねて来るからしょうがないでしょッ！」

「……」

──シマッタァ！　一体ナンチュウ即答を……　こういうときこそ、美辞麗句を並べ「口から出まかせ」を言うべきなのに……

翌日彼女は、チャップリンが持ったら似合いそうな、古い茶色のトランクをひとつひっさげて……男ばかりの学生寮に……家出をして来た。

──ラーメン食べたくってイエデなんかするかよーッ！

どうして親の言うことを聞かないで（自分はある日突然、辞職、外国行きを一方的に告げたくせに）……と思ったが、追い返すことはできなかった。

前日見せてもらった、彼女ら四人が家の前で撮った一枚の写真。ニコリともしていない彼ら

の背後の建物に、背筋がゾクッとする妖気が漂っていたことを忘れてしまっていた。

それは、まだ幼いヤツから最も大切な姉を奪うこととなる。さらにヤツがまだ十歳そこそこのとき心優しい父親が亡くなった。オーマ以外誰もいない、親族との付き合いもない家庭、たいして友達もいないヤツの孤独は骨の髄まで浸み込んでいったに違いない。

休日や祭日に妻の実家を訪れるとき、決まって頻繁にヤツから電話がくる。

「どうしてそんなに遅いんだ！　今どこだ！　いつ着く？」

飴玉を欲しがる幼児のようにうんざりさせられる。我らに子供ができてからはなおさらだ。楽しそうな家庭を見せつけることになる。

長男は大きくなるにつれ、ヤツの最良の友となる。反面、ヤツの思い通りに我が家が動かないことに時折不満を噴出させる。そのわがままで、利己的で、相手の状況を考慮しようともしないヤツは、アニキ然として接することのできなかった私にも大きな非はあるが、親しくなろうという気は起こさせない。

オーマがヤツにしたこととは反対に、妻は自分の子供たちを赤ん坊のときからあちこち連れまわし、主に日本人を中心に多くの友達をつくった。さらに子供たちは、現地校でも友達をつくる。どんな思いをしてヤツは見ていたことだろう。

夏の長期休暇は、日本をはじめ南欧、北アフリカ、東南アジアへ、冬はスキー休暇と家族連れ立って出かけた。だが、ヤツを誘うことは一度もなかった。どんなに羨ましかったことか。

遂に二〇〇三年の夏、チュニジアのリゾートホテル、我が家の居場所を突き止めたヤツがオーマを引き連れて突如現れた。ニコニコと迎えながらも家族の面々、内心ゾッとしていた。案の定、ホテルの食事にガタガタ注文を付け従業員を困らせたり、他の若者と遊んでいたかと思うとケンカを始めたり……

最良の友、喪失

二〇〇四年三月から翌年四月末まで、長男は兵役代替社会奉仕活動としてメキシコのファンドレイジングで通訳やストリートチルドレンとのワークショップなどに従事していた。そのとき一度、食中毒で倒れた長男を親身になって看病してくれたメキシコ娘が、長男の帰国後一ヶ月経ったころ、我が家にやって来た。

「オーラ、ムーチョ　グスト」と歓迎した。

そして、オーマのハカライで、彼らは我々の上階に居を構える。改装はすべて自分たちでさせられた。ヤツのためならすべてオーマが金を出して業者にやらせるくせに、孫のアパートには一銭も出費せず、家賃までしっかりと取った。

メキシコ嬢の歓迎パーティーとして、バーデンの家の庭でバーベキューをした。皆楽しそうに飲んで食べて笑っているひと時、ジュージュー焼ける肉を前にして坐っているヤツの姿が目に入った。右斜め下をうつろに見つめるその姿は、底知れない寂しさに溢れている。嫌なことが起こりそうな予感が脳裏をかすめる。

メキシコから彼女が来ると聞いたとき、私は即座にヤツが最良の話し相手、遊び友達を失うと感じた。メキシコから来るのは長男の恋人であって、ヤツの友達が増えるということにはならないどころか、長男の、ヤツとの時間が減っていくに違いないと思った。

アイ　アム　ザ　ベスト

一九九八年二月、「オーストリア史上最年少のドクター誕生！」と、マスコミに騒がれ、「ガリ勉か、天才か」と、大学構内を歩きながらのインタビューがテレビに流れる。若干頭を傾げて受け答えするヤツの顔には、達成感に満たされたはずの笑みが一度も浮かばない。

学生が多数つめかけたレストランでの宴席、我が身のお粗末な境遇を恥じてか浮かべる笑顔も醜く歪み、縮める気もなかったヤツとの心の距離はますます広がる一方。ヤツの「アイ　アム　ザ　ベスト」感は社会的認知まで得て一層横暴になるのは目に見えていた。

長身で若年の天才ドクター、恋人のできない訳がない。その頃いた恋人とウィーンで同居生活を始めた。もちろんオーマの資金で。だが、何ヶ月も経たないうちに恋人の鼻骨を折るという暴力で終わった。オーマが金を積み示談。

その後できた恋人は、夏の休暇に一緒に出かけたと思ったら、何があったか知らないが別々に帰ってきた。恋人が一緒の旅行先からも、いつもと変わらず頻繁にオーマに電話をし、事の一部始終を報告する。恋人でなくても一緒にいたら、その異常性に気がつく。とにかく誰とも長続きはせず、常にひとりぼっちになる。

一方、姉の家庭はといえば、一向に破綻しないどころかますます大きくなる。その上、長男には遠路はるばる飛んで来た恋人まで加わり、ヤツはひたすら孤独に追いやられる。うらやみ、ねたみが転じて憎悪に変わっても不思議はない。

「オレ様の寂しさはすべてヤツラのせいだ！」

法的揺さぶり

いやがらせ、脅迫は手を変え品を変え延々と続く。

妻のサインを真似て自分で書き、我が家の固定電話を勝手に解約。電話会社から確認の手紙が来て発覚、阻止できた。

車の前面ナンバープレートが持ち去られる。数日後、オーマがバーデンの家で見つけて持って来る。一年後、「(妻が駐車したドナウ河沿いで)盗難車発見!」と警察から連絡。ナンバープレートが見つかったことを知らせなかった妻、警察にてお叱りを受ける。

暇と金がある上にインテリときているヤツは、法的に姉家族をぶっ潰そうといろいろ調べ上げる。

二〇〇八年三月、税務署より妻に脱税容疑で召喚状。

事情を聞かされた役人は(このコイソガシイのにショウガネェナーと)頭をフリフリ、告発を無しにするわけにはいかないから、とにかくプライベートレッスンの記録、過去数年分を提出するように、と。

　妻、その作成に一苦労。

「警察沙汰」後の十一月、某弁護士からご丁寧に通常と書留で二通の警告状。

「弟君との紛争は度重なる（一度だけなのに）警察の介入など、他の住人の迷惑ともなる故、居住権利と規則を遵守し、争いのエスカレーションを避けるべく努力すべし。さもなくば賃貸契約解消のため法的手段に訴える所存である」

――ナンジャコリャ！　ヤツらが勝手に騒ぎまくってるだけなのに……

同月末、同弁護士より地区裁判所の判決が伝えられた。

「二〇〇九年四月十四日までにアパートを引き払うべし！」

当然妻は即刻、同地区裁判所に異議申し立て。二〇〇九年一月二十九日、両者同席の事情聴取が行なわれることになる。

「火のないところに煙は立たぬ」、煙を立てる火を必死に探したかどうかは知らないが、ありもしない火が見つかるわけがない。

――一体どうするつもりなんや、この弁護士、全く証拠のない提訴を！

ヤツ自作自演の煙は無風なのに、いや、無風ゆえに消え失せた。

一月七日付の弁護士からの通知。

「更なるエスカレーションを避け、親族間の平穏を保つため、二十九日の裁判は取り止めと相成り候」……オーマいわく、「そこには誰も行かないよ！」

――親族間の平穏だとッ！　オメエラが何もしなければイイだけだ！

そして二〇〇九年も終わろうとする頃、役所を通じての最後の攻撃。

青少年福祉関係の市当局より「末娘の劣悪環境容疑により娘共々出頭せよ！」との召喚状。税務署同様、担当官は事情を知り同情を示すが「形だけでも告発はチェックしなければならない」と、アパート訪問にまでなる。「その際は父親も在宅すべし」とのこと。

帰国する日本人からもらうものの多い我が家は、ものを簡単に捨てられない妻のおかげか、至る所ものが詰め込まれている。新年早々、汗水垂らして必死の後片付け。二年半後の念願の引越し準備とは知る由もなし。

やって来た当局担当官は各部屋の中にまで入ることもなく、ドアを開けて中をサッと見渡し、「すべてオッケー」でさっさと帰った。ホント、形だけ……　ご苦労さまデス。

逃げるが勝ち

二〇〇八年十一月、長男は彼女を連れてアパートを出た。アルバイト先までヤツらが来て「出ろ！」と言ったらしい。祖母所有のアパートに、家賃まで払わされて我慢する必要は全くない。

さっさと出れる彼らが羨ましかった。

蝕まれる精神

がんじがらめの私は逃げ場もなく、ますます「指の矯正」に没頭する。不安も、苛立ちも、怒りも束の間忘れることができる……と思った。

歳も歳だし、ドイツ語を話すことも嫌になったし、今さら職を探しても見つけることは不可能。あるのはギターのみ……

——いまにみていろ、このギターで何とか！

しかし、自分のテクニックのお粗末さに気がついてから、練習といえば初心者以前の「指の矯正」に絞られ、すればするほど不可能ということが明らかになるだけ。

敷物に足を引っかけ、かろうじて脱臼を免れた右膝がズキズキと痛む。病院に一度行ってみたが、広い待合室にもかかわらず何時間待たされるか見当もつかないほどぎゅう詰め……何もしないでサッサと、いや、痛みをこらえながらなんとか帰った。

凍てついた暗い道を、休み休み足を引きずって歩く。あまりの虚しさに押しつぶされそう……その上、向かう生徒はいつ怒りだすか分からない精神異常者、セラピーにと雇われたのだろうが、数少なくなった生徒のひとり……やめる訳にはいかない。

そういう自分こそ、精神的にセラピーが必要なほど追い込まれていることには思い至らなかった。


夏の休暇も、冬のスキーも家族と出かけなくなった。

留守中何をされるか分からない。何たってヤツはアパート所有者の息子、世に知られた天才ドクター。公に争って「ヤツは気違いだ！」と主張しても、精神病院に送られるのはこっちの方だ。

オーマといつもくっついているヤツは母親思いの好青年。紳士然とした応対は、本性を隠すに余りある「ジキルとハイド」。

オーマが階段で転げて（たぶんヤツに突き落とされたのだろう）腰を打ち、後遺症を是正するため手術を受けた。数少ない知り合いのおばあさんが病院に見舞いに来る。オーマがヤツに隠れて妻に電話するのを不思議がった。おばあさんにいきさつを説明したが全く信じてもらえないらしい。

ある日、妻が見舞いに来たことを察したヤツは、いきなりおばあさんの携帯を取り上げ、妻と連絡をとっていないかチェックした。これでやっと信じてくれたそうだ。

顔の広い妻は、ホームパーティーやら催し物やら、頻繁に私を引っ張り出そうとする。惨めな姿に満たされた心。どこにも行く気になれない。誰とも会いたくない。

電話の鳴る音に
訪問者を告げるブザーの音に怯え
郵便受けの扉を開けることにすら
不安を覚える

いまにみていろ！

脅迫と監視下

ヤツに隠れて妻に連絡してくるオーマ、バーデンの状況が時折伝わってくる。

オーマの大事なものだろうが何だろうが勝手に捨てられる。食べたいものを買って来ても隠れて食べなくてはいけない。夜中だろうが明け方だろうが、酔ったヤツの意のまま送り迎えをさせられる。死んだらヤツに殴り殺されたか毒殺されたと思ってくれ……

家の改装か何かをした専門職人すらも、その仕上がりに脅迫まがいのケチをつけられ涙したという。

ヤツが精神科医のセラピーを受けているという。

——やっとヤツも自分の異常性に気がついたか！

が、そのセラピーとやら、参加者のほとんどが老人の山登りや旅行だという……　成果が出るどころか悪化するは必至。

——やぶセラピストめ！

ヤツがスイスに条件のいい職場を見つけてバーデンを出たという朗報。だが、翌日にはもうとんぼ返りをして来た。老いた母親をひとりにしておけない親思いの若者、というより乳離れできない大のオトナに気味悪さを覚えた。しかし、この状況下で、オーマを監視下に置けないということへの不安が最大の要因だろう。

義父が亡くなってから早二十年、以来二人きりで住むオーマは、すでにヤツのヒステリックな脅迫にかなり慣れきっているようだ。ひとりっきりになることを怖れてか、ヤツのいうことは何でもきく、何でもいわれるままに与える。

スーパーで一緒に買い物していてもヤツは、気に入らないことがあれば大声で叫ぶという。バーデンでも「気違い医者」として知られている、だから妻にもヤツの脅迫は「あまり気にするな」だと。

だが、いくら脅かされてしたこととはいえ、娘に対する仕打ちは母親としてその限界を超えている。「家出」という唯一の反抗が尾を引いているのだろうか。根本的に妻は、人一倍親思い、家族思いなのに……　ヤツと一緒になって娘家族を揺すり続けても、孫、ひ孫に囲まれた安らかな老後は遠のくばかりだとなぜ分からないのか。我々が消えたら、ヤツと静かに過ごせるとでも思っているのか。いじめる相手がいなくなったら、当然ヤツの牙はさらに先鋭化されてオーマ自身に向かうのは明らか。脅かされながら共犯者に仕立てられたオーマは集中的に脅かされる対象となる。

すべての原因は寂しさに満たされたヤツの心。金も最高の学歴も与えてくれたが、「こんなオレにどうして育てた！」と。

ヤツを変えなければ事態は決して好転しない
だが、すべて既に手遅れ
ヤツが自ら変わろうとしない限り
為す術はなし

いまにみていろ！

沈没寸前

十歳そこそこの末娘を除いて、子供たちはとっくの昔に家には寄りつかなくなっている。どこで何をしているのやら、ちゃんと学校へ行っているのやら、そんな心配をする余裕もなくなっていた。

またヤツが建物の前をうろついている。直接アパートに乗り込んでくることはない、と思っても「指の矯正」に集中できない。

学校から帰って来る頃の末娘に、ヤツがうろついていることを知らせる。

娘は薄ら寒い公園で震えながら、ヤツが引き上げるのを待つ。

——クソッ！　ぶっ殺してやる！

と思っても何もできない、何もする気のない自分にシラケル。

「手を出したほうが負け」とヤツも充分承知しているのか、直接手を出してはこない。物的証拠となるファックスも「警察沙汰」以来してこない。

「指の矯正」に没頭しつつ、頭の中には繰り返し繰り返し同じ疑問が噴出する。

——何故こんな目に遭わなくてはいけないのだ！

行き当たりばったりの、無責任で非社会的な生き方。
心のこもらない義弟との接し方。
家族ができてもなおまともに働くでもなく、
窮地に陥ってもなお家族引き連れて
脱出することもできないお粗末さ。
——こんな目に遭うのも当然か！

私の人生は歯車の噛み合わないポンコツマシーン。稼動の力をこめるほどガタガタとぶっ壊れていく。その崩壊は音もなく、気づかれずに、心の底から徐々に進行する。

迷走の行き着くところは自己嫌悪。
沈没寸前の船に人々を残し、
ただひとり脱出を試みる、
かの国々の船長に
なれなかったことだけが唯一の救い。

いまにみていろ！

凍りついた心

自業自得のようなこの苛酷な地上の学習
「後悔先に立たず」は、もう充分学んだから
——いいかげん解放してくれ！
と叫んでも、空しくこだまするだけ

ふと気がついた。
自分が何ひとつ後悔していないことに……
日本を去ったことも、

スペインをさておいて砂漠に行ったことも、
ローマで盗難に遭ったことも、
ウィーンなんかに来たことも、
ギターに挫折したことも、
とんでもない家族、義弟に関わりあったことすらも……
——解放してくれるはずはないか……

しかし、苦境をただ無言で耐える時空はあまりにも長くて狭く、「いまにみていろ！」と「指の矯正」にのめり込んでも、心は次第に凍りついていった。

二〇一〇年三月、長男とメキシコ嬢は結婚した。極寒の冬を耐え、ヤツの脅迫にも屈せず、メキシコに飛んで帰ることはなかった。

役所での式典でも、その後の祝宴でも私の心はヤツの影に怯え、心から喜ぶことはできなかった。翌年二月、初孫のときもそうだ。ヤツらに何ひとつ知らせていないとはいえ、いつ現れるかもしれないという不安は片時も離れない。こうした態度がヤツを追いつめたことは分かっているが、もはやどうすることもできない。

家族の増加を素直に喜べないのは……　可愛い孫の顔を見ても素直に喜べないのは……

私が辿った人生のように、ジワリジワリと忍び寄る蟻地獄の恐怖、ある日突然襲いかかる危機……　彼らの前途にもあり得る多難さを懸念する不安心からなのか……　それとも、ヤツのように、いつか家族を脅かす元凶となるかもしれない（マサカ！）……　なんという不安心からなのか……

マムシとコブラの二人組み
蛇に睨まれた蛙の
震えあがる心はすでに凍りつき
無感動無感覚になってゆく

人は攻撃されると当然ながら防衛しようとする。防衛しつつ反撃のチャンスをうかがう。だが、現実的に反撃の手段を何ひとつ持たざる者はひたすら耐えるしかない。その上、逃げることもできない者は攻撃されるがまま次第に精神的窮地に追い込まれる。そして、頭の中での防衛が始まる。ひたすら攻撃される根拠を求めて……　だが、攻撃してくる相手に根拠を見出しても何も変わらない。遂にはその根拠を正当化し、己に責任を負わせ、己を問い詰め始める……　過去に遡ってまで、徹底的に……　それでも、事態は決して好転することはない。現実的には何もせず、相手を無視していることになる。この無視する態度が攻撃の口火を切った最大の要因であることを知りつつ……　相手の欲しいものは親身になって付き合ってくれる「こころ」であることを知りつつ……　今更（手ぶらで）和平交渉の席にはつけない。相手の怒りは増大し、攻撃の手は益々強められる。自己批判は行き詰まり、果ては己の周囲に、社会に、責任転嫁を試みる。悪あがきは止めろ、と呟きながら……

しかし、頭の中で如何に思索を巡らせても、よしんば攻撃が無くなっても、底なしの闇に落ち込んだ心は、もはやそこから抜け出せない。

激動の二〇一二年

絶体絶命のときは急激に近づいてきた。

遺産物件売却

ヤツは、遺産となる不動産は現金化すれば自分の思うままにできるということに思い至る。まず、バーデンの、居住する一軒家に隣接するもうひとつの家屋を売った。売却金は一銭残らずヤツの懐に入る。

そして、ウィーンのそれぞれ数階もある二棟の売却を不動産業者に委託した。キンキラキンに着飾った暴利の亡者が顧客を伴って現れるとき、決まって私は吐き気を催す。

何年か前に大改築をしたこの家屋は大きな負債を抱えていること、所有者の娘家族が住んでいるということも買い手がなかなか見つからない理由だという。時期も状況も最悪の物件をなぜ必死に売却しようとするのか、足元を見た業者はどんどん売却価格の値下げを要求する。

やっと見つけた（という）買い手とヤツら、不動産屋の事務所で商談。業者みえみえの猿芝居。後日、取引が成立しオーマはサインをしに事務所を訪れたが、その土壇場で売却価格はさらに値切られた。すべてヤツに伺わなければ決断できない、いや、してはならないオーマはもちろん、バーデンで待機するヤツに電話。莫大な財産が、吹けば飛ぶよな紙切れになることを知らされたヤツは大声で「ストップ！」を叫んだそうな。かくして売却は負債のなくなる十年後へと延期された。

見るたびに吐き気を催した暴利の亡者に、キンキラキンの感謝！

ガレージ

大改築が行なわれた際、車一台分のガレージがつくられた。親切にも娘に使えと言う。駐車できる隙間探しで二十～三十分は周囲を走り回るという状況でとびつきたい話だが、もちろん有料。この上娘から金をふんだくろうとするヤツらに頭にきて返事をしぶる。オーマにとって駐車禁止のガレージ前は常にフリーな最高の駐車場。ガレージ利用者は自分の娘、自分はそのオーナー。間違っても引っ張られる心配はない。

しぶしぶ承諾した我々にも、物置に使えるだけでない最高のメリットがあった。ナンバープレートを盗られて以来常に懸念された、ヤツの車に対するいたずらへの心配がなくなった。

家屋管理運営業者

これまでオーマが自分でしてきた建物の管理運営を専門業者に委託した。ヤツらを引き連れてその業者がたびたびチェックにくる。

（全くヤツの意向だが）汚れ放題、壊れ放題（！）の我がアパートは改築を要求される。それも自費で、改築後はグレードアップするゆえ家賃も値上がりする……と。

三月末、またヤツらと業者が来るという。私は逃げ出し、公園のベンチに座り、冷たい風に震えて新聞を読む。やがて妻から「ヤツらが私の帰りを待っている」と連絡。

——クソッ、どうにでもなれ！


ガレージを見たいというから、側面のドアを開けた。車のみならず、ものがあふれていて中に入れず……

「五日までに片付けろ！　ガレージを明け渡せ！　さもなくば、値上げして新契約だ！」

ただの気違い息子のくせに、オーナー然として脅しをかけてくる。オーマはただ横で小さくなっているだけ。業者は……「ナンチュウ家族だ！」と呆れていたに違いない。


最後の砦も崩れ始めた。

専門業者が現れ「いいかげんな管理人は即刻解雇！」を懸念したが、さすが法規にのっとった専門家、年金退職目前の被雇用者を簡単に解雇できないことを充分承知していた。さらに、法規にのっとった退職手続きを知ることができた。退職金など、ヤツらにごまかされることのなきよう労組に赴き、文句のつけようもない退職届を作成できた。

しかし、あの手この手で揺さぶられる綱渡りの生活、転落しなかったのは奇跡だ。

「いまにみていろ！」という憤慨のような気概も失せて、指先に感じる手応えにも熱い喜びはとっくの昔に湧きあがらなくなっていた。

今は、息をするためだけにギターを抱えている……

天罰

これまで何度か「捨てる神ありゃ拾う神あり」を経験してきたが、「天罰」なんというものは考えてみたこともなかった。

四月二日、ヤツらと改築業者が我らのアパートへ見積もりに来るという。

怒りと、ゆううつと、不安と、やるせなさ、わけの分からぬ重い感情が全身をワナワナと揺さぶり、顔は苦痛に歪む。

口にした朝食は飲み込むことができず、一気に逆流してきた。

妻は口を四角にして泣きながら懇願する。

「日本へ行って静養して来て！　アンタに何かあったらアイツら殺してやる！」

誰も真似のできない、妻自身しようと思ってもできない、凹レンズを横にしたような形の口をして妻が泣いたのは、これが二度目だ。一度目は同居し始めて間もなく、ケンカの原因は覚えていないが「さよなら」をしようとしたときだ。「三度目の正直」があるとすれば、近々起こり得る、私がぶっ倒れるときか。

私は逃げ出した。妻はドイツ語のレッスンに「十一時頃帰る」と張り紙をして出かけた。

市立公園のベンチに座り、暖かい日差しを受けて新聞を読んだり、「スドク」をしたりして時の経つのを待つ。

お昼近くおもむろに腰を上げた。

見上げる空は青く澄み、
木々の葉がキラキラとささめいている。
天使たちが飛び交っているのだろうか。
木々の枝の至るところに、

草花の上に、
建物のあちらこちらに神々が座り、
優しく微笑みかけているような気がした。

――そんなバカな！
ののしられ、さげすまされてもおかしくないのに！
錯覚だ！　幻覚だ！
この「人生」とやらも、
一刻も早く消えて欲しい幻覚だ！

鉛のように重い体を引きずり、かつて生活費を稼いだケルントナー通りへと向かった。

息子の職場の前を通りかかる。話がしたかった……が話してもどうにもならない。迷惑なだけ。彼が偶然出てきたら、きっと隠れただろう。打ちのめされた、惨めな姿を見せたくはなかった。

楽しげに通りを行き交う人々の合い間を、夢遊病者のようにフラフラと歩き……　シュテファン大聖堂の前に来た。

そして……　吸い込まれるように……その中に入った。

一体何をしようというのだろう。

十字の切り方も、祈り方もよく分からず……　人々の祈る後姿を、片膝をついて手を組んで祈る姿を……　静かに、厳かに行き交う人々のシルエットの間に……　ただ茫然と立ちすくんで眺めていた。

これまで何度、天を仰いで呻いたことだろう。

――死ね！　死んでくれ！　殺してくれ！　ぶっ殺してやる！

ヤツの刃が喉元に迫り、切り刻まれた精神が崩壊寸前となった今、この壮厳な神殿の内にたたずみ、なぜかそう願うことはできなかった。

やっとしぼり出すような叫びが心の内に湧きあがる。

――何とかしてくれーッ！　助けてくれーッ！

「苦しいときの神頼み」、無神論者のアナキストの……「そんなオレの祈りなんか通じるわけがない」とせせら笑う私は、このときばかりはいなかった。

どれほど中にいたかは分からない。外に出て携帯に何度か電話があったことに気がついた。

「どうして電話に出ないんだよー。私も帰りが遅かったから、（ヤツら）何も見ずに帰ったよ」

とりあえず一難去ったが、一体いつまでこう逃げ回らなくてはならないのか。

電車の木のイスが硬かった。

青ざめた景色が流れていく。
スペインでの事故後、横たわったライトバンの窓外を流れていった青ざめた景色。
あのときは、妙に冴えた意識でことの成り行きを淡々と眺めていた。
生きるも死ぬも自由な、根無し草のさすらい人、
どうくたばろうと、どうでもいい気楽さがあった。
今、外傷はないが、何年もかけてじわじわと圧迫された精神は崩壊寸前。
次のひと突きで確実にぶっ倒れる。
それも秒読みの段階……

四月四日、夕闇が迫るころ、妻があわただしく帰ってくるなり電話に駆け寄った。

「タクシーを呼ばなくっちゃ！　誰かが事故に遭った！　オーマは病院へ行かなくっちゃ！」

窓から下を見た。建物の前で……小刻みに震えるオーマのシルエットが妻に支えられながらタクシーに乗った。誰も親しい人のいないオーマが、あれほどのショックを受けて病院に向かうとは……　事故に遭ったのはヤツに違いない。

最後のひと突きは延期された。一体ヤツは、ウィーンで何をまた企んでいたのか。市内だったら追突かなんかで、死ぬような事故ではないはずだ。首にワッカでもはめて二〜三日で出て来るんでは……　その腹いせで嫌がらせはもっと辛辣に……

それにしてはオーマの震えよう……　尋常でない……
とき正に復活祭！
ヤツが決定的にくたばることへの期待は
モンスター復活の恐怖にかき消される。

妻はドイツ語のレッスン後「今にも倒れそうだったオーマが心配だ」と、生徒のところから直接病院へ向かった。そして、夜もかなり更けてから戻ってきた。

集中治療室に横たわる弟、ボロボロに成り果てた体、昏睡状態……

涙を浮かべて語る妻……　信じられない。

――ヤツらの心配なんか！


事故はブルゲンランド州、一直線の国道上、視界を遮るもの何ひとつない晴天の真昼間、対向車と正面衝突！　事故など起きようもない状況下での事故。

ネットでニュースを見た。この日の大事故のひとつ。ヤツの車の長い鼻がグチャグチャになってはいたが、路上に真っ直ぐ、デンと止まっている。対向の乗用車は跳ね飛ばされ、道路わきの茂みに屋根を下にひっくり返っている。

ヤツの車はフィアットバルケッタ、車の先から運転席までが長く、右脚がぶっちぎれるのをかろうじて免れ、重心が極めて低いため相手を跳ね飛ばしただけだった。

――これが天罰というものなのかッ！　二日前、大聖堂に立ちすくみ、ひたすら助けを求めたせいなのか……

事故の相手もまた天罰を受けるようなことをしてきたというのか……

ヤツに下された天罰ならば、大木に激突するなり、断崖から転落するなり、なぜ他の人を巻き添えにしない方法がとられなかったのか……

応えのない疑問が今も頭の中を駆け巡る。

退院

四月半ば頃から度々見舞いに行くようになった妻がヤツの状況を伝える。興味なさそうに聞き流すが、かなりひどそうだ。

九回におよぶ手術、九日間に及ぶ昏睡状態、極度のウツ状態、生死の境か、黄色い壁を見たとかいう数々の幻覚。ぶっちぎれそうになった右脚には補強の金属棒が挿入され、医師の証明書なしには飛行機に乗れなくなったなどなど。

そして時折、「天罰だ、天罰だ」と呟くという。

五月八日、長男が見舞った。オーマいわく、「（ヤツが）こんなに笑い、たくさん食べたのは見たことがない」と。友情が憎しみに変わる以前、長男がどれだけヤツにとって心からの友であったかがうかがい知れる。

ある日、入院中なのに「入り口のドアを開けてくれ」と固定電話に直接電話をしてきた。自分の冗談を満喫した楽しそうな笑い声で！

五月十三日、母の日。オーマが電車に乗る際転んでケガをした。ヤツは「自業自得だ！」と吐き捨てるように言ったそうだ。それは「天罰を受けるような男にどうして育てた！」という母親への怒りに違いない。

しかし、相変らずバーデンの家を売り払うと言い張り、病室にもかかわらずオーマとケンカをするという。

ただひとり見舞いに来た男友達を悪友だと看護婦に告げ口し、おひきとり願ったオーマを怒鳴り散らして病室から追い出したという。

膨大な金とキャリアを与えながら、ヤツから精神的財産を奪いつくし、ひたすら自分だけのものにしようとする孤独なオーマ。それに逆上し、相手も場所もかまわず怒鳴り叫ぶヤツ。

事故前、自分のしていることにもうんざりしていたのか、遠く離れたマジョルカ島に移住しようと、部屋探しにまで行っていたヤツ。ひょっとしたらこの大事故は、ヤツを自分の下に釘付けにしたい、オーマの祈りによるものだったのかもしれない。

とにかく、孤独なヤツらふたりの恐怖の関係構造は、天罰すらも変えることができなかったのだろうか。

五月十五日、九死に一生を得たヤツは、不運な事故に遭った親族の一員として、驚異の短期間で退院した。

仲直り？

五月十八日、ギターのレッスンから帰ってきた私は、誰も居ないので仕方なく帰ろうとしていたヤツらに出っくわした。

――チッ、もうちょっと遅く帰ってくればよかったなァ……　と思いながらヤツを見た。

松葉杖に身を寄りかからせ、頭には真っ白になった髪の毛がチョロチョロとしかなく、皺だらけの顔は何百年も生きのびた老人そのものだった。

いまにみていろ！

「血液の循環にちょっとプロブレムがあるんで、しばらく休ませてくれ」と。アパートに入れないわけにはいかず、拒否する理由もなくなったかにみえた。以後、頻繁にヤツらが来る。蘇った親族団らん風景。この数年間ありえなかった光景。九死に一生を得たいきさつを、大きな笑い声さえ上げてヤツはしゃべりまくる。私は「指の矯正」ができないことに苛立ちながらソファに寝転がり聞き流している。オーマは近くのイスに座り黙って聞いている。他の家族の面々は質問を浴びせては楽しげに笑っている。とくに妻の楽しげな声は、

――また裏切られるのも知らずに！　とムカついた。

天はヤツの攻撃をストップさせただけでなく、仲直りまでさせようというのか。

五月二十八日、バーデンのどこか青空の下、オーマの孫である長男が自分たちの結婚を知らせ、ひ孫の紹介をした。心から願いながらも自ら奪った大家族の喜びを少しは感じたのか、二人とも涙ぐんで喜んだそうだ。……まさか、くやし涙……

嵐の前の静けさ

秘密にしてきたことに逆上し

妬みが恨みに変わり再び……

余生を大切に

五月二十九日、ヤツは、脊髄への手術を施し、ヤツを死から救った老医師のコントロールを受けた。この老医師の卓越した技術がなかったら成功不可能の手術。さらにこの老医師は八月から年金生活、病院から退く予定だという。事故時、現場の近くを偶然救急車が走っていたという。短時間のうちに応急手当を受け、病院へヘリで運ばれた。

老医師はヤツに言ったそうだ。

「多くの幸運が重なってあんたは命拾いをした。残りの人生を大切に生きなさい」

この言葉をどれだけ重く受けとめたかは分からない。

六月に入る頃には、多くはないが髪の毛も増え黒くなった。顔にもツヤが戻り三十代半ばの顔になった。事故後わずか二ヶ月だ。最低一年はかかるといわれたリハビリもちょっと通っただけで、「必要ない!」と、サッサとやめた。

尋常でない回復力に悪寒が走る。

変わらぬ心

六月半ばごろには顔はツヤどころか輝きさえも放ち、有り余る財力でいかに将来の保障に投資してきたかを語る。

最高額のプライベート健康保険が、最高の医師団による最高の治療を迅速に受けさせたという。高額な障害者保険は、事故後、仕事をしようとしまいと月々高額な保障金を支給するという。こうして、何ひとつ備えのない我が家の傷口に塩をすり込む。

バーデンの家を売り払ってオーマと共にウィーンに引っ越すという。高級地で家を物色しては我が家に来てしゃべりまくる。時折長男まで引っ張り出して物件を見に行く。

どんなに我々がこのアパートを出たがっているか、ヤツ自身、どれだけ追い出そうとしてきたことか……などについては一言も触れず、ひたすら自分たちの財力をひけらかし、バーデンの居住する家屋の売却に奔走する。

もしヤツが我々に何らかの援助を申し出ても、もちろん一銭も受ける気はない。それはヤツから逃れられない状況をつくることになるから。

死の淵から舞い戻ったにもかかわらず、ヤツの心は何ひとつ変わっていない。

豹変

六月二十八日、妻が不在のとき市営住宅から電話。長女が出たが即座にヤツが代わり、妻が帰宅し次第連絡させるから、と連絡先をメモる。

この何週間か前、何年経っても音沙汰のない市営住宅にヤツが（多分お得意の脅迫まがいの）書状を送り、妻の家賃希望額が低すぎるためコンピューターが自動的にハネていたことが判明。妻がそれを考慮される額にまで引き上げてきていた。

こうして遂に、空きアパートを見に行く日時が決まった。

ヤツ念願の追い出し先が決まるかもしれない。そのために尽力してきたヤツが、喜ぶどころか、その夜のうちに豹変し、妻へのショートメッセージが再び、ののしり、脅迫に変わる。

姉家族が閉じ込められたオリから出るかもしれない。これまでのようにいびり、痛めつけることができなくなるということもあるだろうが、根底には唯一仲良くしたい人々が離れるかもしれないということへの不安、落胆に襲われたのだろう。

差し始めた陽光

七月三日、空きアパートを見に行った。どんな環境だろうが、どんなアパートだろうがすぐ入居を決めたかった。

重い鉄格子の門、三棟ある一番奥の棟、その棟も鍵がなくては入れない。ストーカーに対する最強の要塞。周りは緑に囲まれ、リスが木の枝を走り回る。その静かなアパートは六階にあり、日当たりも良い。即刻入居（希望）決定。

しかし、我が家の収入では入居不可の可能性大、というより確実だ。

出れるならいつでも保証人になってやると言い続けてきたヤツら、「なってなんかやるもんか、アハハハ」だ。ヤツらが保証人では再び逃げられない。できるならなって欲しくなんかなかったが……

七月九日、当たって砕けろで入居契約に出かけた。

私のはした金の賃金に、娘たちのアルバイト、奨学金までも含めた微々たる収入。いくらかき集めても足りない。モンダイは、プライベートの収入は記入することができないこと。

だが、救いの神はいるものだ。

数多い事務員の中でたまたま担当になった人は、アパート退去、解雇に脅かされていることを相談したことのある人だった。最終的に保証人なしで「入居を許可する」との信じがたい結果となった。

彼の姿は神々しい光に包まれていた。

何年ぶりだろうか…… 心からの乾杯!

残るはつつがなく退職、住居明け渡し、引っ越すだけ。

オーマは必要書類になかなかサインをしない。時折電話で「アンタがいなくなったらどうしよう」と、管理人を続けるようほのめかす。

——ふざけるな! 一日も早く辞めて、ここを出たくさせたのはテメェだろ!

さんざんじらした後、七月二十一日、ようやくすべてにサインをした。法規にのっとって退職、引越しが確実となる。

ヤツが退院してきたとき、我がアパートの改築などが一向に進展していないことに(オーマがヤツ自身の事故のおかげで、それどころではなかったことを全く意に介せず)腹を立て、事故前と変わらず管理運営業者に脅迫まがいの文句をつけた。何もしがみつく必要のない業者はさっさと契約解消、以来管理運営は再びオーマがしている。おかげで専門家の注文もなく、思い切り引っ掻き回して出れることとなる。

もう戻れない

八月は必死にガラクタの山を新居に運んだ。捨てるべきかどうかなんて選択している余裕はない。なんでこんなに溜め込んだと、妻に対するうらみ節も一度や二度ではない。二年半前のひと片付けがなかったら、タイムオーバーになるところだ！

八月三十一日、最後のガラクタを車一杯に詰め、オーマに鍵を渡し、「二度とこんなところに来るもんか」と、排気音も高く「呪いの館」をあとにした。

九月、ガラクタで足の踏み場もない新居で、「指の矯正」を始められないことに苛立ちながら後片付けを始める。体重は十数キロも減り、ちょっと動くだけで疲れが激しく横たわる。早く片付けないと「指の矯正」が始められない……

直接的な脅威が無くなっても相変らずだ。家族の楽しみを自ら計画することもなく、休暇にも一緒に出かけず、人に会いに行くこともなく、買い物に行くことすら拒み、「指の矯正」に閉じこもることだけが残った。

バーデンの家屋は売り払って、二人は隣接する高級地区に一軒家を借りて住んでいる。買ってしまったら再び遺産になってしまうからというヤツの心憎い計らいだ。老いさらばえたオーマの、住み慣れたバーデンを離れたくない気持ちは聞き入れられなかった。

オーマはヤツに隠れて時々妻に会う。和解を求めてか、ヤツも一緒に会うことがある。そんなことを聞くだけでも私は嫌な気分になる。

今や携帯、メールの時代。固定電話に出る必要のなくなった私は、呼び出し音を容易に無視できる。だがその音を、訪問者を告げるブザーの音を聞くとき、さらには郵便受けを開けるとき、いまだ嫌な気分になる。

「いまにみていろ！」という憤慨のような気概が、再び「いつか、きっと」という淡い希望のような思いになっても……　私はもはや、昔に戻れなくなっていた。

いまにみていろ！

自問自答

――一体オレは何をしてきたんだ！
一体何をしているんだ！
一体何だ、この人生は！

「指の矯正」をしながら考えることはいつも同じ……　何も考えなかったノラクラ時代が信じられない。この絶え間ない思索もヤツのおかげか……

市営住宅入居希望を申請させたのもヤツだ。そもそも遺産なんかあったら申請は初めから却下だ。

何年も音沙汰なかったのに、「空きアパートあり」の連絡が来たのもヤツのおかげだ。

後腐れなく、保証人なしで入居が決まったのもヤツらのおかげ。

「発つ鳥、思い切り後を濁し」て引越しに集中できたのもヤツのおかげ。

音大、ウィーン大、永遠にと思われた学生生活に終止符を打ち、すべての面で大ピンチになったとき、管理人として定職を得たのもヤツらのおかげだ。毎日のほとんどの時間が自由という、この仕事ともいえない仕事は、ギターの練習も、出張レッスンも、休暇をとるのも、全く自由だった。

意図はともかく、結果的に見てヤツのしたことは、要所要所で我々の手助けとなっている。

それも遂には自分の命を懸けてまで……

そして最後にしてくれた、私にとっての最大の手助けは……あの事故を生き延びたのみならず、脅迫者として復活してくれたことだ。

もしあの時オーマが独りぼっちになっていたら、妻は決して彼女を放置できなかっただろう。退院後の仲良しモードが続いていたら、家族の誰もが、刻みこまれた心の傷を隠しながらつくり笑いを続けなくてはならなかった。さらに私は、あの怨念のアパートに住み続け、屈辱の管理人をズルズルするはめになっていたかもしれない。

「これでおさらばだ！」と飛び出せたのも、すべて ヤ ツ の お か げ。

考えれば考えるほど感謝することばかり。

だが、いくら感謝してもヤツらに対する嫌悪感は決して弱まらない。

重い空気は一向に軽くなることなく……

途方もなくゆっくりと心の中を移ろいでゆく……

「我思う故に、我死す」

一体何なんだ、この空気は

生きているような
死んでしまったような
生と死が混じりあったような
溶けあったような

「捨てる神ありゃ拾う神あり」

ふたたび救いの手は伸びるのか
このジャポネーゼに
このハポネスに
いや、このヤパーナーに

それとも、このニッポン人……

木々を見よ！

市営住宅に移ってから二年くらい経ったころ、歩けなくならないようにと夕食後、パワーウォーキングを始めた。ひと汗かくにはジョギングといきたかったが、脱臼しかかった右膝がまだ時々痛み、走れない。

寒さニモマケズ、怠惰さニモマケズ……　よほどのことがない限り、欠かさず出かけている。妻と末娘が日本に行っていて不在の、ある夏の日の夕食後、お決まりのコースにある大きな公園に四十〜五十メートル入ったところで……

――ウワァーーーッ、ナッ、ナンダコレハーーーーッ！

周囲の木々が一斉に襲ってきた。

「こっちを見ろ！　こっちを見ろ！」と無数の方向から呼びかけられる。目まぐるしくキョロキョロと見回すが、何が起こっているのか分からない。どれほど長く続いたか分からないが、やがて次第に弱まっていった。次の日もかなり弱まったが同じ現象が起こった。三日目はかすかに感じただけで、以後全く感じなくなる。実に、周りから「一斉に襲われた」という感じだったが、怖さはなく、気分を高揚させるものだった。

それ以来、歩いていても、窓から外を見ても、木が気になって仕方がない。それまで気にも留めなかった周囲の木々を見つめていると、とても気分が落ち着いていくのを感じるようになった。


大森林を上空から映し出す映像を見たとき、そのゆっくりと過ぎてゆく光景に、懐かしいような切ないような、妙な気持ちに涙が滲んできた。


それから何日間か経ったある日、ベランダで日光浴をしながら目の前の木々を眺めていた。突然風がザワザワと吹いてきて、木々の枝が大きく揺れ始める。同じ一本の木でも各枝の動きは同じ方向ではない。

そのバラバラな激しい動きに家族が重なった。ガンとして動かない太い幹から伸びる各枝、それは家族の面々、それぞれが思い思いの方向へと動き回っても、離散することはない。自己の無為により、正に朽ち果てんとしていた我が家の主幹は、「天罰」と数々の逆説的「ヤツの手助け」で救われ、壊滅を免れた。

世の中を見れば、毎日おびただしい数の人々が消え、消されている。無垢の子供から世のため人のため尽力している人々まで……　なぜ私は今、こうしてベランダで日光浴などしていら

いまにみていろ！


れるのか…… 分からない…… 一体何をしたらいいのか。

地球上の数多くの国々とそれぞれの国民が重なった。どんな風が吹いても壊滅することはない。だがそれは、腐り始めた主幹を見るとき不確かなものとなる。健全な主幹にしても、根こそぎぶっ倒す猛烈な強風が吹けば……

地球を主幹として見たらどうなのか。各国が、民族が、人種が…… お互いに他を尊重し合い、協調し、地上のパラダイスを築こうと…… 木の枝の好き勝手な動きを見ると……それは不可能に思える。だが、地上がパラダイスになったら、それもまたモンダイだ！ そこでは（過酷な）学習をする必要がなくなる。要するに「生まれてくる意味がなくなる」ということ。

しかし、案ずるには及ばない。今に始まったことではないが、次世代を担う若者の社会環境、教育システムは、各個人の隠された（人間的）能力を引き出すどころか芽のうちに摘んでしまい、画面を見ながらクリックするだけで、アソビ、人身攻撃までをも含めたすべてのことを処理する世代を創りつつある。世界に張り巡らされたネットワークを利用し、画面操作だけで億を稼ぐ輩まで輩出している。他を敬い、尊重する、いわゆる豊かな心ナンゾ不要なのだ。すでに社会はデジタル化の一途を辿り、我らの世代が描く人間性を大幅に締め出しつつある。要するに、出現するやもしれぬ地上のパラダイスは「人間（性）不在になる」ということ。


——ナンジャコリャ、木を見て落ち着くだとォ〜ッ！

ゆっくり日光浴もできないではないか！

……………………揺れる木は見るな、ということ……カナ？

そしてもう一度、フシギなことがあった。妻との衝突後だったと思うが、たまらなく憂鬱な気分になり、外に出て木々を見た。二本の木の間に大きな葉が一枚、透きとおるような緑色に輝いている。ジーッと見つめているうちに憂鬱さは、その輝きの中に吸い込まれるように消えていった。

その後何回も同じ場所に立ち、同じ木の間を見るが、その大きな葉は見つからない。輝いていないにしてもあるはずなのに……

失われた心を求めて

二〇一七年、年明け早々「日本の国籍しか持たない在外邦人への『ＪＲ・レールパス』販売は三月末をもって終了する」とのニュースが入ってきた。

――ウワッ！　日本へ行くなら今のうちかな……

妻と末娘は毎年行っているが、私は二〇一三年九月、息子と二人で行ったのが最後だ。

驚きの連続

身の周りに起こる、見るもの聞くものを含む様々な出来事を感じ取り、それらの意味することを考え、意識的に、あるいは無意識のうちに日々の行動が決められる。

名士の最後

二月下旬、義母がガンの手術のため入院、以後、退院することなく生と死の境をさまよう。これを機に妻と義弟は、これまでのことが全くなかったように緊密に連絡を取り合うようになった。

「もう死にそうだから直接病院へ行く」と、帰宅の途中から半泣きのうろたえた声で電話してくる妻……　私は唖然とするのみ。娘家族に苦痛を与え続けた母親、いくら死ぬからといって涙が出るほど悲しい気持ちになれるものなのか、妻のうろたえた泣き声はとうてい理解できない。一方、ピクリともしない自分の無感情、無感覚に少々驚いた。

自分の親は二人揃ってそろそろ百歳になる。何かあっても駆けつけることのできない地球の反対側、「今のうちに会いに行け」ということかな。

三月に入って間もなく、職を見つけて移住していたフランクフルトから長男がわざわざ見舞いに飛んで来た。二度と彼らと関わりたくないはずなのに、これまた信じられない。故郷がメキシコと遠く、親族との別れが思うようにできなかった彼の妻に説得され、しぶしぶ来たようだ。他の娘たちも一度だけ見舞いに行った。一度も行かなかったら、「アノ叔父に、後でどんなインネンをつけられるか心配」というのがホンネだろう。(見舞いなんて気の全く起こらない私の推測……　いや、自己正当化かもしれないが……)

私の懸念は、「バアさんが死んだら葬儀に行くべきかどうか」だった。「いくらなんでも、葬儀にまで顔を出さないのは弁解の余地なしかな」と思ったが、ヤツと顔を合わせるのが嫌でたまらない。

三月中旬から約一週間、妻は変更・キャンセル不可能な地方滞在の仕事があり、ウィーンを離れなくてはならない。めったにない出張なる仕事がどうしてこの時なのか、アノ義弟をいかに説得するか、またヤツの罵りが始まるのか、妻のストレスは計り知れない。

——帰って来るまでなんとか持ちこたえてくれ！　と念ずることしかできなかった。

四月六日、義母が亡くなった。無事地方から帰って来ていた妻には充分に別れの時が与えられた。葬儀なるものは全く無しの事後処理は、ナント、妻と義弟、二人だけで済ませるという。私はただホッとすると同時に、肩書きをいくつも連ねた地方の名士の、あまりにも寂しい最後に、あまりにも虚しい生き様に胸が痛んだ。

それにしても妻は、どうしてこうも涙することができるのだろうか。あれだけひどい仕打ちを受けたというのに、精神的にぶっ倒れることもなく……

日本人にドイツ語を教えたり通訳をしてきているが、単に言葉を教えたり人の言っていることを通訳するというより、親身になって相談に乗り、問題解決のために奔走する。この、人のために動き回るエネルギーが精神的破綻を防いだのかもしれない。

私に欠けている、というよりも全く持ち合わせていないエネルギー。家族のため買い物にすら行かない私とはエレー違いだ。

母と弟のアンフェアーな仕打ちに対する怒りもまた、仕事の上で、相談者と一体になって怒り、奔走するエネルギーとなっているようだ。その怒るエネルギーが、日々私にも向けられるのにはマイルが、「何もしない、しようともしない、どこへも行かない、誰とも会わない」の「ナイナイ尽くし」では仕方あるまい。

自分のため、人のために怒り、奔走することが精神を支えたのは分かるが、「この母」の不幸に涙するのはどうしても分からない。「血のつながり」という答えはますます分からなくする。「血のつながり」こそがこの地獄絵を描き続けてきたのでは……

「この母」に対する妻の怒りはずーっと以前、子供のときから培われたものではなかろうか。友達作りをないがしろにする「この母」に対する怒りが、自分の子供を友達作りに連れまわすエネルギーを生んだ。

日本で学生だったとき、帰省する私の大きな楽しみのひとつは「おいしいものが食べられる」こと、「家の暖かさ」だった。遙か昔の良き時代、家族を連れて妻の実家を訪れるとき、暖房費をケチった薄ら寒い家、心の触れあいのない冷たさ（これは大いに自分の心の在り方にも因るが……）、キッチンに立って食事を用意するのはいつも妻だった。買い物に奔走し、不足なきよう（たまには、ナンデこんなにたくさん！）一生懸命食事の用意をするのは、きっと前世で飢え死にしたに違いないと思っていたが、家族のための食事をないがしろにする「この母」への怒りが生み出すエネルギーによるものかもしれない。

母に対する不満を抱えた彼女の人生に、ラーメンを持って突然現れたニッポン人は、その家からの脱出にきっかけを与えたに過ぎない。（そのために、放浪の末ここに辿り着いたとしたら……　アホクサーーー）

そしてその、「家出をした」という負い目が、「そうまでして築いた自分の家庭は何としても守る、自分は倒れてはいられない」という強い意志を生み、その家庭を容赦なく潰そうとする「この母」と弟に対する、激しい怒りのエネルギーが精神的支えになったに違いない。

この世に生を受けたのは他ならぬ「この母」のおかげだ、と妻は言う。これほど酷いアンフェアーな仕打ちを受けながら、何故それでも感謝の気持ちを抱けるのか。
家族のために奔走し、潰されまいとする妻のこの、強い精神を養う「過酷な地上の学習」は
ひとえに「この母」のおかげである。弟を姉（家族）の脅迫者となるよう育て上げたのも「この母」である。彼女の流す涙は、この世に送り出してくれた「母」というだけでない、この偉大なる反面教師の喪失に向けられたものかもしれない。（その「学習」の道連れにされた私は……　ヤッテラレネーーー）
——旅は道連れ……世は「学習」……
だが、偉大なる反面教師といえば、この私もそうだ！　何をやってるのか、何をやりたいのか全く分からないノラクラ親父、為す術もなく揺さぶられるままの綱渡り生活。「ああはなりたくない！」とは、どこの誰でも心底思うはず。子供心に与えられた叔父による精神的苦痛に耐え、グレルこともなく、トラウマにも陥らず（とは言え内面の苦悩は分からないが）、まともな、一応安定した生活を送っているのはひとえにこの反面教師のおかげ……

母ライオンから突き落とされた子ライオンは、自らの力で崖を這い登り、生き延びる力を養う。私は、突き落とされたことがなかったからこうなのか……ナ？
「可愛い子には旅をさせろ」……　私の旅は、「させられた」のではなく、オトナになってから自ら飛び出した、ことに誤りがあるのか……ナ？

……どうやら私の「旅」は、自ら「過酷な学習」を求めていたようナ……

神々の誘い

三月三十日、期限切れ直前で「ＪＲ・レールパス」の交換証を買ってしまった。歳も歳だし、日本へ行けるのも今のうちかもしれない。老いた両親のみならず、日本も見納めになるかもしれない。「一番上の子を連れて日本へ一緒に行きたい」と言っていた長男は、仕事の関係上行けない……と。

日本、ひとり旅……か
妻と出会って以来、初めてのひとり旅
それも、西欧に初めて足を踏み入れた地
ヘルシンキ経由
得体の知れない抑圧の空間を離れ
忘却の彼方に消え去った

気の向くままにさまようあの旅をふたたび
失われた心を求めて……
そんな思いがこみ上げてきた

しかし、出発の日が近づくにつれ、

——メンドクサーーッ！

と、いつもの怠惰な感覚が前面に躍り出てくる。

——ホントに、オレ、行くのかなァ……　一体、何のために……


そこへ、弘前に住むいとこから「ウェルカム、ウェルカム！　来て、来て！」という明るいメールがきた。それは「ひきこもっていちゃダメよ！」という「女神の誘い」。

さらに、かつての勤務地、日光の旧友から「近くの温泉宿に予約を入れた。遠方より他の旧友も馳せ参じる」との報。

「ためらい」は一気に心の片隅に追いやられ、

——二週間くらい、ギターから遠ざかってみるのもいいんじゃない……

ＪＲに背中を押され
神々の誘いに引きずり出され
「失われた心」を探しに……
行くとするか！

降り注ぐ雪

五月九日、外では雨がシトシト降っていたがもう止んだようだ。私は空港へ向かうため一刻も早く家を出ようとしていた。電車に遅れないように……

妻は車で送れるよう仕事を入れていなかった。いくら雨は止んだとはいえ、道路は濡れている。「トランクを引きずって行くよりもいいか」と思い直し、車に乗る。

空港に着き、軽い解放感に包まれて車を降り、「バイバイ」を言おうと振り返った。

車の中からこちらを見る妻の顔は、まるで二度と帰らぬ人を見送るように不安と悲しみに歪んでいる。私は何も言えずに顔をそむけた。

「ひょっとして二度と帰れ（ら）ない……」、脳裏をよぎるそんな思いを「まさか、ソンナ！」と打ち消しながら、ソソクサと空港に入った。

午前十一時十五分発、フィンランド航空ＡＹ七六六便がヘルシンキに向かって飛び立った。

現実が切り離され
猛烈な速さで遠のいてゆく
ひとり旅ならではの解放感
緑に包まれた優しいウィーンも
いつのまにか膨れ上がった家族も
抑圧の元凶なのだろうか

ヘルシンキに降り立ち、ボーディングブリッジの大きな丸窓から外を見た。また旅の始まりの丸窓！

五月も半ばになろうというのに、いきなり雪がシャワーのように降り注いだ。

四十四年前、列車でたどり着いたヘルシンキは真冬。この長い歳月を一瞬にして無にしろというのか、それともあざ笑っているのか。

ニッポン？

約二時間後、同じくフィンランド航空ＡＹ〇七五便で福岡に向かう。

福岡に住む学生時代の旧友に会うにはこれが良策だ。新潟や東京から福岡への往復は時間のロスが大きく、これまで何度か断念している。

翌十日、福岡空港着午前八時、日本ひとり旅の第一歩が……

相変らず恰幅のよい旧友が笑顔で迎えてくれた。日本を出てからも、何故かコンタクトの途絶えることがなかった数少ない旧友のひとり。（私と違って）社会にしっかりと根を張って生きてきた人の安定感がある。

翌日できるだけ早く東京へ向かう予定だったので、レールパス取得のためまず博多駅に寄ってもらった。「緑の窓口」に入り、数人の若い男子職員が机を並べている方へ、「接客業務をしているにしてはやけに殺風景やな」と思いながら歩を進める。

「アノーー、レールパスを……」と言いかけるなり、その若い職員はいきなり立ち上がり、

「ここは西日本だ！　九州へ行け、九州へ！」と叫んだ。

「オレは全国の（しか買えない）レールパスが欲しいんで、西も九州もカンケーネェーだろ！ゼンコクの、ゼンコクのッ！」

しかし彼は、さっさと出ろと言わんばかりに出口を指差し、

「ここは西だ！　九州へ行け！」

他ならぬ日本で、男の笑顔などいらないが、静かに返答してもいいことを……

——ナンだ、あの接客態度は！


「失われた心」を求めて来た日本での最初のショックは、心を失ったニッポン！


探すまでもなく、隣接する「緑の窓口・九州」に一歩踏み込むなり、先程の男子職員の苛立ちが一瞬にして解明。ズラリと並ぶ接客職員のほとんどが若い女子職員。この職場を毎日横目で見ながら出勤する西日本の男たち……

「やってられないよナ、アイツ、そのうち辞めるゼ」

旧友と顔を見合わせて苦笑した。

心遣いの国ニッポンらしく、並ぼうとしている私の後ろから可愛らしい声がした。

「レールパスですか、こちらに記入して下さい」

手渡された用紙に記入しながら、持ち場に戻った彼女にふと目をやった。その時、ひとりの旅行者が彼女のところへつかつかと歩み寄り、いきなり中国語でまくしたてる。彼女は落ち着き払って、ペラペラと中国語で返答する。

――エーーッ、こんなとこまで外国人が入り込んでるのォ〜　そういえばさっきの日本語、ちょっとアクセントが妙だったなァ……

入国するなり立て続けのビックリ……とはいえ、無事レールパスを手にし、彼の家へ向かった。

車中彼は福岡市の観光マップをよこした。観光するつもりはなかったが、受け取って開いて見た。ナント、観光名所はもちろん、地名、路線名、通り名、建物の名前まで、さらに広告や記号、案内のほとんどに、中国語と韓国語が併記されている。いや、もう驚きはしない。さすが観光大国ニッポンとは思ったが、いくら観光客が増えたとはいえ、ここまでする国が他にあるだろうか。観光客といえば、目的地は自国語のガイドブックなり、ネットで調べてきているはず。併記が多いため字は小さくなり、読みづらく（老眼のせい？）、そのほとんどが不要なものに思える。

孫の写真

彼の家にくつろぎ、居間で談笑しているとき、ふと鴨居の上の横木に額に入った小さな女の子の写真が数え切れないほどズラーリと並べてあるのに気がついた。多分「目に入れても痛くない」というほど可愛い孫娘に違いない。

世のじいちゃん、ばあちゃんの孫への愛を見せつけられた気がした。

「オジイチャン」と呼ばれるようになってからすでに孫は三人、それでもまだ心の片隅にそう呼ばれることへの抵抗がある。まさか、「まだそんな歳ではない！」なんて思っているわけないし……

「オジイチャン、オジイチャン！」と駆け寄って来る小さな孫を抱きあげるとき、人並みにシアワセを感じるのに……

今回のひとり旅に先立って、長男が私の老父母にと孫や家族の写真を数枚送ってきた。行く先々で会う人々に見せるため、父母に渡すのは一番最後にしようと思っている。なのに、どうして素直に「オジイチャン」を受け入れ、積極的に家族と楽しめないのだ！

そんなバカな！

翌十一日、新幹線を乗り継ぎ東京へ。

駅には旧友AさんとNくんが迎えに来ていた。Aさんの家に向かう道すがら、話はいつの間にかNくんの私への説教となっている。超高齢の老父母が健在にもかかわらず、四年ちかくも会いに来ないとは親不孝の極みだ……と、黙って聞くしかなし。

ここでも私の家族に対する希薄な感情が浮き彫りになる。

家に着いてからの団欒の場、知らぬ間に過密となったスケジュールのため新潟ではあまりのんびりできない……　再びNくんのお説教！

「Nくんは家族の世話で大変苦労してきた」と、後でAさんから聞かされた。……私は、義母、義弟から世話をする苦労ではなく、闇をさまよう苦悩を、学ぶべき課題を与えられた。

——こうでもしなきゃアイツはナンにも学ばネェ〜ッ！　とばかり……

次の日、Aさんの奥さんが別れ際に言った。

「カトウさん、ひとりで来るとゼンゼン違うね。むかしばなし、とっても楽しかったよ」

——家族が一緒だと、何らかの形で自分を押し殺しているというのだろうか……

新潟へ向かう前、妻からの用件を片付けるため東京でOさん、Hさんに会った。その分野では第一線で活躍する初対面の人たち。人と会わなくなってから久しい私、どんな顔をして彼らの事務所に入ったものやら……

小一時間も話しただろうか、来客があったのでソソクサとおいとました。

夕方新潟に着き、実家に入るなりアニキの第一声、

「オー、奥さんから緊急の連絡があるそうだ。メールを早く見てくれ！」

——ウワーー、まだ旅が始まったばかりだというのに、もうモンダイかよーッ！

義母の死は、「天罰」すら変えられなかった妻と義弟の姉弟関係を一気に正常化した。だが、姉家族に対してしてきた己の所業を深く後悔し、「この母」の喪失に打ちのめされた義弟の心は事後処理を一層複雑なものにし、妻のストレスは増大の一途を辿っていた……

——せっかくそのストレスの波及を逃れて来たというのに！

真っ青な心でメールを見る……が、気が抜けた。先程会ってきたばかりのHさん、妻からのお土産に対するお礼と、私がウィーンに帰る前に一度会食を、とのこと。

——何が緊急だ！

ホッとした反面、いつもながらの妻の短絡的狂奔に腹が立つ。ナント、この「緊急、連絡要！」の報は遠く青森、日光にまで届いていた。腹立ちは苦笑いに変わった。

ただ、彼らの会食への誘いは私を明るくさせた。あの多忙な人たちが、用件が済んだから

「ハイ、サヨウナラ」ではなかった。
――これも「ひとり」だったからなのだろうか……

その晩、アニキと彼の奥さんの他に、彼女の妹さん夫妻が加わって酒盛り。老父母は時を刻む時計の如く、決まった時間に、決まった食事を、決まったように食べ、さっさと自分たちの部屋に引き上げる。いや、サッサとではなく、老母は車椅子に移してもらい、老父に押されてゆっくりと……

話は自然と私の放浪記、皆、ウィーンまでのおぼろげな道筋くらいは聞いたことがあるが、「そんな話は初めて聞く」と言う。何度も来ている実家で……
――てっきり話したことがあると思っていたのに！

彼らの興味は甚大だった。出来事をひとつ話し終える度に、「スゴーーイ、オモシローイ、映像化しろ、エイゾウカッ！」
――流れにまかせてただ生きてきただけなのに、何かスゴイことを成し遂げたわけでもないのに、オモシローイかもしれないけど、スゴーーイということはないんじゃない。

翌日アニキ夫婦が口を揃えて言った。昨夜の私は「別人のよう」だった……と、Aさんの奥さんも言っていたことだ。さらに、「四年前、息子さんと来たときはウツ状態で、今回本当にひとりで来れるのか心配だった」と……

——ソッ、そんなバカな！　人もうらやむ息子とのふたり旅、気分爽快だったのに！　そう思っていたのに……　見ただけでウツ病だと思ったァ〜〜ッ！

心が発する要注意信号、
体にまで現れていたのに気がつきもせず……
なんたる不覚！

またかよ！


アニキはフラメンコギターのレッスンを受けている。老後の楽しみを持つのはいいことだ。

夕方、ふいと、彼のギターを手にしてつま弾いた。居間とはつつぬけのキッチンから、料理の手を休めてアニキの奥さんが出て来て言った。

「ヨシさん、随分と音が良くなったねー」

なんら楽器をいじるでもない彼女が（いじっていたら失礼！）、四年前の音とどう比較したのか分からないが、とにかく今出している音がかなり良いことだけは確かだ。

「指の矯正」の成果がいよいよ顔を出してきたか！　調子に乗って弾き続けた……が、止めときゃあよかった。

――クソッ、相変らず不満足症候群だ！

…………………

ウィーンに戻ったら……　またとじこもり……かァ……

明暗を分ける線

十四日の午後も半ば、中・高時代のふる里、糸魚川に降り立った。新幹線ができたおかげで新潟から特急で一気に来れない。直江津からおもちゃのような電車。席に座ってまず目についたのは、中央にぶら下がった大きな垂れ紙、「ＪＲ・レールパスはご利用になれません」と大きく書かれていた。

――ナンチューコッチャ！　ホンマ、「ときめき鉄道」ヤナァ……　不便になった上乗車賃まで……　マッ、特急でピャーッと乗り込むより、ゆっくりと過ぎる窓外の日本海、これもまた旅の一興！

しぶしぶ乗車賃を払った。

旧友三人と連れ立って、前年、クリスマス直前に発生した大火災の跡へ行った。

狭い路地が一直線に伸び、その左右の違いに唖然、一方は焼失し、他方は建物がそのまま残っている。燃えさかる炎、この一本の路地がこの明暗を分けたのか……

すべての事象に偶然はないという。世の諸々の事件、我が身に起きた様々な出来事、一体何を根拠にすべてが必然といえるのか。

「あてなき旅」も「絶望への旅」も、この「ひとり旅」も、すべてが起こるべくして起きたことなのか。

思いもよらぬ冬将軍の早期撤退から路上での生活費稼ぎ、信じ難い「音大合格」…… ひたすらギターのためと思えるこのウィーンの引き留め方は生半可ではなかった。それも今では、ギターのためではなかったように思える…… これも偶然ではなかったのか。

ロンドンでアフリカ行きの二人に出会わなかったら…… ローマで盗難に遭わなかったら…… アントニオに、きくこさんに、ルーカスに…… ウィーンでワルカー教授に…… そして、妻となる娘に出会わなかったら…… すべて偶然ではないというのか！

その過程で直面した何度かの危機…… それらの回避は、ただ「ラッキーだった」では済まされない、得体の知れない力を感じる。この細い路地のように、一線を画すものの正体は……

出会いを司るものの正体は…… いくら考えても分からない。

この夜、自称「アル中」の旧友宅で酔っ払った来客を交えて、乾杯！
「酒は百薬の長」……　されど、心の病は癒されることはない。
一時的に、忘れさせるだけ！

北寄港

十六日、新潟発八時二十七分、秋田行き「いなほ一号」に乗った。車内の様子は全く覚えていない。目はひたすら、雨上がりの薄暗い日本海に注がれていた。

何もいらない

——オレはこの日本海でヨットをやっていたんだ……　照りつける太陽が身を焦がし、湧きあがる「生」を実感していた……


中学生のとき、身体を鍛えたくて体操部に入った。だが、一週間もしないある夜、胸の下あたりに激しい痛みを覚え医者に連れて行かれた。

肝臓がワルイから（せっかく始めた）運動はダメ、（ガバガバ飲める歳でもないのに）酒はダメ、（昇天するほど美味しい）脂肉はダメ、と言い渡され、高校を卒業するまで医者通いとなる。良くなったとも悪くなったとも言われず、「素直に」薬（ナンの？）を飲み続けた。痛みは最初の一度だけだったのに……

身体を鍛えたいという欲求はますます強くなった。


大学に入るなり、どの運動部にしようかを考えた。要するに、学部も、学科も、どうでもよかったようナ……

新入生勧誘ポスターを見渡し、「気持ちよさそー、格好イー」でヨット部を選んだ。ただ、乗り物酔いが激しく、特にフネなんか恐怖の対象！　どれだけ続くことやら……

試乗会の日は強風吹き荒れ、見学のみ。チンするフネもあった。だが、水上を突っ走るヨットに魅せられた。

当時の練習は湖、あの海特有の恐怖の浮き沈みがなく、一年間フネに慣れる余裕があった。

不思議と乗り物酔いは、入部するなり全くしなくなる。二年生になったとき、「インカレは海で行なわれるゆえ、我々も海で練習を！」と日本海に出た。

マークボートの新入生がゲーゲーしているのを横目に、

——今年入部していたら、オレ、辞めていただろうな——

新入部員歓迎コンパ、湯飲み茶碗に一升ビンから日本酒がなみなみと注がれる。躊躇なく飲み干す。

——肝臓なんて、どこにあるンか知らんわィ！

酔っ払って、ぶっ倒れて、大地に仰向けに横たわる。満天の星空が美しかった。昼は太陽、夜は星空、これ以上欲しいものは何もない。

病は気から

あの「医者通い」はどこへ行ったのか。

大学受験のため東京の親戚の家に泊めてもらった。そこのオヤジさんは毎晩のように鉄板をつっつきながら酒を飲む。

翌日入試を控えた、酒を飲んだこともない、おまけに禁酒を言い渡されている私に「いい若いもんが何を言っとる！　病は気からじゃ！　飲め飲め！」と……

翌日、山手線の中でゲーゲー吐きながら、それでも試験場になんとか辿り着いた。解答用紙に名前や受験番号などを書いたか覚えていないが、白紙で出したことは確か……

日本、いや、世界の大学入試史上最低記録のはずなのに、どうしてギネスブックに載らないのだろうか……

とにかく、「(入試の) 合否は気から」ではなかった。

これも定められた運命。以後、「病は気から」を「金科玉条」に食べたいものを食べ、酒もハメをはずすほど飲んだが、肝臓なるものがどこにあるのか一度も意識したことがない。慣れない運動を突然したからだけだったのに……　残ったのは医者に対する不信感のみ。

あふれる涙

「いなほ一号」の窓外では、岩にぶちあたる波が繰り返し繰り返し水しぶきをあげている。人は夢や希望を持ち、いくら体当たりしても現実は岩《ガン》として変わらないということなのか。功を奏して岩が砕けたとしても、その上を歩いて心地よい砂になるには……

流れゆく景色とともに
さまざまな出来事が浮かんでは消えてゆく
なぜこんなに息苦しく、生き苦しくなったのか
抑えがたく涙があふれる

だが、この涙はあの涙と何かが違う。夜明けのローマ、終着駅前、旅の道連れが消えたときあふれた涙は底知れぬ不安に満ちていた。クエンカの病室から見た巨大な夕日は限りなく深い悲しみにユラユラと揺れて沈んでいった。この回想がしぼり出す涙は何色なのか分からない。ただ、それには一抹の不安も、悲しみもなかった。

この列車の旅の先にはいとこが迎えに来ている。不思議なことにそのいとこは、半世紀以上も前に糸魚川の家の居間、夕日を背に浮かんだシルエットとしか記憶がない。何年か前一度ウィーンに来た時会ったはずだが、精神的どん底にあったせいかほとんど覚えていない。そのシルエットが、思いもよらず明るい「女神の誘い」を発信してくれた。

迎えてくれる人のいる旅

帰るところのあるひとり旅
家族からの抑圧なんて、怠惰で身勝手な己がつくりあげた虚像
持ち歩く家族の写真は、素直に喜ぶべき実像
あふれる涙が教えてくれた

午後三時少し前、ようやく弘前駅に降り立った。出口に向かって歩き、遠くの正面にポツリとひとり、レインコート姿の女神を見出した。

嵐に翻弄された船が
やっと港に辿り着いたように、
回想の嵐から抜け出した私は、
喜びと安堵感に満たされて
彼女に近づいて行った。
だがこれは一時的な寄港にすぎない。
帰港の際にもこの気持ちを……
それは無理……かな……

ピンクのじゅうたん

いとこのご主人は超多忙なドクター、ゆっくり話す時間はなかったが、優しそうなカッコいい人だった。いとこはフラメンコを踊る。彼女の受けているレッスンはとても厳しいという。

翌日の午前中は練習の妨げとならないようにひとりで弘前公園へ出かけた。

「さくら祭り」は過ぎ、ピンクのじゅうたんがところどころに残り……　機を逸した負け惜しみではないが、祭りの最中よりも私に合っているような気がする。

押し寄せる観光客は案内板を見たら想像はつく。本州北端のこの地にも、韓国語、中国語の併記があふれている。おまけに中国語はところどころ漢字が違うだけの二通り、ナントマア至れり尽くせりの国ヤ。

天守が引っ越し、石垣の上はカラッポの弘前城。十年計画の石垣修理、超ハイスピードの突貫工事で時々世界を驚かすこの国で……　よほどの難工事に違いない。

白い花

午後、いとこが車でりんご公園に連れて行ってくれた。

「りんご〜〜〜の〜はなびらがあ〜〜〜」

ナント、石碑が歌っている！

「根知の美空ひばり」といわれ、日本舞踊をたしなむ姉を思い出した。もう随分と長く会っていない。どうしているだろうか。

糸魚川の奥深い山間の根知村、小学校卒業までの幼少期を過ごしたところ。

あっという間の、気の遠くなるような遍歴……　何もかもウソみたい。

──「ウソみたい」ナンテもんじゃない！　正にウソの連続だ〜〜ッ！


四年前、その根知に息子を連れて行った。

「国破れずとも山河なし」、いや、山はあった。愛称「ネコミミ」の「雨飾り」、絶壁で眼下の村人を寄せつけない「駒ケ岳」。だが、濁流渦巻く河はやせ細り、渡るのに結構時間がかかった橋は箱庭のオモチャ、遊びまわった巨大な空間はなかった。

六年間通った小学校はなく、トコトコ歩いた土ぼこり舞う通学路は舗装され、何もかも平坦化され、短縮され、土まみれで遊んだ記憶を呼び起こすものは何もない。

小学校の跡地を見ながら近くにいたおばあさんに声をかけた。

「エーーッ、ヤシキのオッチャンかねぇ〜〜、アンチャンたち元気かねぇ〜〜」

思いもよらぬこの言葉に驚き、嬉しくもなった。五十数年も前に消えた我が家のことが、屋号と共にこの人の記憶にあった。やっと息子にルーツの一端が……　自然や建造物でなく、人の記憶の中とは思いもよらなかった。

そして、幼少期を過ごしたかやぶきの大きな家、片側は池を挟んでそそり立ち、毎年豊富なイチゴを実らせる崖。反対側は、建物から数メートル離れた先で下方に向かう崖。それらはすべて消え失せ、入ったら身を隠してしまいそうな草ボウボウの斜面になっていた。土砂崩れでもあったのだろうか。

だが、崖下の隣家はちゃんとある。中からおばさんが出て来てとても懐かしがった。近くに私の同級生がいるから呼んでくると言う。積もる話もあっただろうに、「時間がないから」と断る。何たる不覚！　二日酔いで気分が悪く、立っているのもやっと、一刻も早く誰もいないところへ！

そのおばさんが「あの隣の家の小さな女の子か！」と、名前と共に思い出したのはかなり後のこと……

「事物消えども記憶あり」

眼下に広がるりんご公園の、小さな白い花は……『りんご追分』を聴かせるために私をここに誘ったのだろうか……　哀しそうに微笑んでいた。

自責の念？

次はねぷた村。

高さ十メートルにも及ぶ大型ねぷた、その内部の骨組み、勇壮な武者の絵、脈々と受け継がれる伝統工芸。どれもこれも私を圧倒する。

それらを繰り出して大掛かりに催されるお祭り。収穫を祝ったり、慰霊や魔除けのための祭り。そこで人々は共同体の結束を図る。

家族の行事は家族という共同体の祭り。それらの計画を自ら立てることもなく、積極的に参加するでもなく……　とじこもるだけの私は一体何なのか！

子供の頃、お祭りは楽しく待ち遠しいものだった。ただ、行商人かなんかだった叔父のひとり、年中家にはいないくせに、あるお祭りのとき突然帰って来た。特別おいしいお祭りのご馳走。どうしてかは分からないが、「こんなもの食えるか！」とばかり自分のお膳をひっくり返す叔父。怖々と見ていた記憶がある。

こんな一過性のことを未だ覚えている。私の子供たちは、彼らの叔父である義弟に、数年に渡り脅かされ続けた。どんなに深い傷を心に刻み込んだか計り知れない。家族を避けようとする心は、彼らを守るために何ひとつできなかったことへの自責の念からなのか。

その後、津軽三味線の生演奏を聴いた。激しくかき鳴らすその音に、原因は何か他にもあるような気がした。

その夜、いとこと二人で夕食を食べに出かけた。ご主人は相変らず多忙のため同席できず。ビールを飲み、郷土料理を食べながら楽しくおしゃべりをして時が流れる。

何故こうもゆったりしていられるのか
ウィーンを離れたからなのか
家族をはなれたからなのか
ギターをはなれたからなのか

十八日の朝、日光に向かって弘前を発った。

「フラメンコを踊ってみせて！」と言わなかった、いや、言えなかったのが少々心残りだった。

飛べない「ちょう」が「飛んでみせて！」なんて言われたくなかったからだろうか。

「タブラオで踊るときは、是非……」と、言い訳がましくつぶやきながら……

タイムトラベル

新幹線を乗り継ぎ、宇都宮から「JR・日光線」に乗った。

薄緑色のまばゆい光の中
林立する杉の木々
その真っすぐな細い影が
次から次へと
後方に流れてゆく
それは正にタイムスリップ

一九七三年へ

約束の電車よりも一本早く着いた。Kさんが迎えに来るまで駅周辺を散策。そこは紛れもなく過去ではなく、未来だった。年中無休の国際的観光地、行き交う人々のほとんどは外国人観光客。一体どこの国へ迷い込んだものやら……

無人温泉場

Kさん宅でくつろいだ夕刻、「風呂に入りに行こう」と言う。

「エーーッ！　家のお風呂、無くなったの〜〜ッ！」と心の中でたじろぐ私を、Kさんは車で数分のところにある小さな温泉場へ連れて行った。それは無人温泉場、自動販売機で入浴券を買い、その横に置いてある箱に投げ入れ、のれんをくぐるという驚きのシステム。

Kさんのすることを見よう見真似で、無事お湯に浸かったときはホッとした。どうして母国に帰って来て、こんなにオタオタするのか！　浦島太郎じゃあるまいし……

身体が温まったところで屋外の露天風呂へ、その気持ちのよさったら言いようが無い。

ウィーンの生活、なんとゆとりのないことか……

ホロ苦い思い出

翌日、かつて勤務していた研究所（跡）に連れて行ってもらった。ここも記憶を呼び起こすものは何もない。所狭しと倉庫のような建物がひしめき、人影すらない。消えた過去は戻らない。タイムスリップなんてあるわけない。電車に乗って窓外を見れば、杉の木々が次から次へと後方に流れていくのは当たり前。何を夢見ていたのやら。

さっささとそこを去り、中禅寺湖までひとっ走りしてもらう。

懐かしのいろは坂はちゃんとあった。いかに速く走り下りるか、カーブでは急ブレーキに急ハンドルで車の尻をふり、方向が変わるなりアクセルを踏む練習をしたことがある。

霧の深い夜、カーブだと思ってハンドルを切ったら、カーブはまだ先で、ガタガタッと急斜面の短い土手を……　無事、下の道路に着地したこともある。

いろは坂ではないがある夜、目の前のジャマなバスを追い越したらナンの警告もなしにいきなり対向車！　両側すれすれで（他の車にかすり傷を負わせたかは確かめていないが）走り抜けたこともある。追い越しと言えばあの北海道出張中、仕事の現場に向かう途中、土手に片側の車輪を乗り上げながら……（若干道路が狭すぎた！）

その北海道で仕事の同僚が事故ったとき、主語のボカされることが多い日本語のおかげか、会社の誰もが反射的に事故ったのは私だと思った……そうな。（ナンデーー？）

「お前、よく（スピード違反でケイサツに）つかまんねーなー」と言われたこともある。若気の至りか、ゾッとすることばかり……　いや、記憶というのは極端なことしか残っていないものだ。魔が差したようなこれらのアクションはすべて一度っきりのこと、実際は好きになった娘《こ》の、手を握ることすら出来ない小心者のカモフラージュ！　その証拠に今や、ペーパードライバーの超ベテラン！　……クルマ　が　コワイ……

――ン、オレの人生って、魔の差しっぱなし！

多忙なKさんには帰ってもらい、ひとり湖畔を散歩した。

右手にそびえる男体山、リュックを背負い、登ったことがある。大食いでもなし、ひとりだというのに食料を詰め込みすぎ、荷が重くて這って登る。途中夜になり、林の中にテントを張って野宿した。クマでも出てくるのではと、ビクビクしながら一夜を過ごす。「ナンデこんなことしてるんだろう」と、生涯つきまとう疑問はこのときが初めてだったように思う。

中禅寺湖のかなり奥の方まで歩いた。疲れたわけではないが、湖畔のベンチに横たわり湖面の輝きに見入る。

太陽の光が
ホロ苦い思い出と共に優しく降り注ぎ
し直しのきかない過去が浮かんでは消えた

午後も半ば、中禅寺湖入り口の大きなバス発着場から駅方面のバスに乗る。田舎の路線バスと思いきや、観光客でごったがえし、通路にも両側から席が倒され、全く身動きのとれない超満タン。いろは坂をグルグル回りながら下るバスの窓外にはクルクルと絶景が展開する。スマホをかざして撮影する人ばかり……　どこかの観光バスにでも乗ってしまったかな、と思ったが、コロコロ変わる停留所毎の料金表示板があり、それに肝心のガイド嬢がいない。路線バスに違いない……と一安心。

情熱の花

Ｋさん宅に着いたら、遠方から馳せ参じたＩがすでに来ていた。風貌が老いたとはいえ……それを感じさせない、いにしえの笑顔はそのまま。

今宵の宿に行く前に「つつじヶ丘」に立ち寄った。

一面のヤマツツジ
逆光に透いて浮かぶ深紅の花
まばゆいばかりに咲き乱れ
正に燃え上がる情熱の海

凍りつき、砕け散った
我が小さな情熱が
今や、ふたたび
呼び起こされる

この自然の美しさを
情熱と哀愁のフラメンコを
灼熱と静寂の光の中を
砂塵が乱舞するだけのサハラを

これぞ我が求めてたものと狂喜し
辿り着きし氷の世界
砕け散った情熱の花は
もはや復元不可能……か

糸の切れた凧

「大江戸温泉物語日光霧降」、この物凄いネーミングの温泉宿が今宵の館。そこにはHさん夫妻がすでに来ていた。

昨日の小さな温泉場でのリハーサルのおかげか、大してうろたえることもなく癒しの湯に浸かる。

――今私に必要なのは、こうした癒しの時か……

食後、この癒しの時を用意してくれたKさん夫妻、遠方より馳せ参じてくれたI、およびHさん夫妻が一堂に会し、話はまたまた私の放浪記。

サラリーマン時代の遊び仲間にとって、ドロップアウトした私の生き様は、それはとてつもなく面白かったに違いない。話す私も面白かった。

しかし、余りにも長い歳月が経ったせいか、闇に閉ざされて久しい心のせいか、自分が経験してきたことだという実感が全くない。スクリーンに映し出される紙芝居を語っているだけ。ただ一ヶ所、ローマのテルミニ駅前、流した不安の涙は今も蘇る。

プツンと糸の切れた凧が大空に舞い上がるように、私は自ら地上とのキヅナをプッツーンと断ち切り舞い上がった。突風のみならず微風にすらキリキリ舞をしながら、いくつかの危機を乗り越えた。だがそれは、時の流れに、気ままな風に、ただ無意識に翻弄されていただけ。つまり、「乗り越えた」のではなく「免れた」だけ。

しかし、落ちない凧はない。じわじわと始まった落下は、地表を突き抜けて地獄へと転落してゆく。いっそ地面に激突して、即死した方がマシだ。

なぜ、あのスペインの血だらけの事故は私を生かしておいたのだ！　そこまでだったら「オモシローイ」人生だったのに……

幸い新潟でもそうだったように時間切れで、落下が始まる前にお開きとなる。「ウィーン転落物語日光霧降」は、話す方も聞く方も「オモシローイ」ものではない。

涙があふれ、悪ければ話し手のヤマイが悪化するやも知れん。

たすけてくれーッ！

二十日、Kさん宅に戻った午後、もうしばらくいるというHさん夫妻を残して、私とIはKさんに駅まで送ってもらった。

運転席で微笑むKさんに「本当にありがとう」と言った。こんなに心の底から湧き上がる感謝の気持ちは生まれて初めて……　しかし、それと同時にとてつもなく「泣きすがりたい気持ち」が溢れてきた。自分で自分の気持ちに驚いた。

――一体、今、どうして……

Iは東武日光線、私はJR、駅前で別れを告げる。彼の手を握り、ニンマリとしながら言った。

「次回は地獄編だな！」

その瞬間、私の心が暗闇の底から叫んだ。

「たすけてくれーッ！」

気分爽快なひとり旅の、クライマックスを感じていたこの時に……

四年前の息子を連れたふたり旅のときも、体にまで現れていた要注意信号を感知できなかった。「心」というのは、本人の感情や意識とはまったく無関係なのか……

――一体どこに棲息しているのだッ！


ゴトゴトと走る日光線、来たときの、タイムスリップを感じさせるスピード感はなかった。ちょうど正面に、赤子をあやすとても美しい女性《ひと》が座っている。その限りなき優しさに見とれていたせいか、徐々に現実に戻りつつあるタイムトラベルの終わりに気がつかなかった。

帰らぬ過去

こうして新潟に帰った翌二十一日は日曜日。天気、最高のヨット日和、週末はヨット部が練習をしてるはず。「行ってみよッ！」と出かけた。

統合移転はヨットの練習場所までかえていた。越後線関屋駅下車、海岸へはすぐ通り抜けられると思っていた住宅街、ヨーロッパと違い通りに名前なし、歩き疲れた。向こうから来る小学二～三年くらいの女の子に海岸への道を訊く。
「知りません！」と一言、私を一歩迂回してサッサと通り過ぎた。
——知らんわけネェーだろ！　……オレってそんなに怪しげェ～～

やっと海岸にたどり着き、遠くの海上に浮かぶヨット群に向かって歩く。海岸線には、飲み食いし大声で雑談する人々が目に（耳に）つく。ずらりと並ぶ浜茶屋にはさまれ、他と比べ見劣りしない建物の右端に、縦に取り付けられた「新潟大学ヨット部」の看板を見出した。思いもよらぬリッパな光景に声を掛けそびれ、堤防に座って遠くのヨット群を眺める。自分もあんなことをしていた……　ゼンゼン実感が湧かない。頭の中だけでなく、体に刻んだはずの記憶まで遥か彼方。

ボケーッと眺めて一時間ばかりした後、帰り際に「せっかくここまで来たのだから」と声を掛けた。部員当時、毎週末、長岡から出てくる度に世話になった、実家が新潟市内の仲間の消息を「ひょっとしたら、近くにいるのでは……」と思い尋ねた。

七十年卒の部員名簿！　声を掛けられたその部員はサッとパソコンに向かう。まさか、ホコリのかぶった、虫の食った名簿……なんて思うほど時代錯誤はしていない。残念ながら私同様彼の住所も空白だった。

駅への道を訊き、重い気分を引きずって帰路に就いた。

過去を捜してもムダと思いながら、統合移転前、工学部のあった長岡へも行ってみた。全く見知らぬ街。校舎の跡も、下宿していた家（の跡）も、ここにあったんだという路地すら見つけられなかった。

白いフクロウ

二十二日、Oさん、Hさんとランチするため東京に出た。多忙な彼らはこの日の昼しか時間がなく、幸い私は他の予定がなかった。

彼らの事務所を一緒に出て、レストランに向かって歩く。おしゃべりをしながらゆっくり歩いている風にみえる、彼らとの距離を縮めるのにあせった。東京のど真ん中、辺りの乾ききった騒音に疲れを感じていたせいなのか、単に脚が短いせいなのか……

ようやく、有機野菜の貼り紙がびっしりのレストランに入った。

入ってすぐ左の暗闇に、まっ白なフクロウがくっきりと浮かぶ
ハッと思い見つめていると
フクロウはクルッと頭だけを回転させて真後ろを見た

一体真後ろに何があるというのだ
後ろの闇には何もない
過去を振り返っても何もない

しばらくしてフクロウは前を向いた
変わらぬ表情でこちらを見つめている
目前の現実は何ひとつ変わっていない

今回の私のひとり旅のように
このフクロウも助けを求めて叫んでいるのか
悪あがきは止めろ！

これがお前の定められた運命だ

自分の食べ方が、他の人に比べてゆっくり過ぎるなどと一度も思ったことはない。だが、彼らのお皿がドンドン空になっていく……　再びあせった。

「エーッ、これフツーですよー」と、Hさんニッコリ。

要するに、自分がいかに世の（日本の？）テンポとズレているかを認識した。

——ケッ、何をいまさら……　ズレていたからドロップアウトをしたくせに！

名言

二十四日、出かけている私を「お客さんはいつ帰って来るんだ？」と言って、アニキ夫婦を大笑いさせたというオヤジ、持ち歩いていた孫と家族の写真を渡し、「お客さん」はジョーダンだと願いつつ新潟を出た。

見納めの東京はオタク文化の拠点、アキバをうろつく。かつての、電気街という印象は薄れて……　いや、コスプレ美少女に目を奪われていたからかも……

夕刻、息子と一緒だったときと同じホテル日航成田にチェックイン。

夕食も同じ、ホテル前のラーメン屋。メニューを見ても味は分からない。そこでネーミングの面白い「ばかうまラーメン」を注文した。

汗だくになって食べながら
ふと、レシートを手にして見た
そこには「バーカ」と書かれていた

この回想のひとり旅を
わたしの生き様を
見事！　ひと言で表現していた

大笑いしたかった
腹を抱えての泣き笑い
それこそ「バカ」笑い

「他のお客様のご迷惑となりませぬよう」密かな苦笑いにとどめ、ゆっくりとその「バカさ」加減を味わって食べ続けた。

帰港

二十五日、ヘルシンキ、四十四年前は旅の始まり、今は旅の終わり。

虚しく流されてきただけの生涯
灰色の海にあてもなく漂う

セールはボロボロに破れ
ラダーすら失くしてしまった

水面下の暗礁に気づいても
避ける術がない

たどった跡を振り返っても
何も見えない

ただただ聞こえてくるのは
闇の彼方からの叫び声

たすけてくれーッ！

喜びと安堵感を与えてくれるはずの帰港は、懸念した通りもろくも砕け散った。笑顔で迎える人々の後ろに、ポツリとひとり立つ妻。ストレスで今にも爆発しそうな顔……
「日本はどうだった？　じいちゃん、ばあちゃんは？　飛行機は何が出た？」
これら、いつもの矢つぎばやの質問もなく、無言のまま家路についた。

眼前に広がる雨上がりのウィーン
虹は架かっていない
雨雲が切れた西の空
オレンジ色の細い横線が
不気味に輝いている

冷たい月の光を浴びて

銀色に輝くアルプスの山々に見下ろされ
初めてウィーンに向かった夜行列車
やはり夜明けは決して来ないのか
いや、夜明けの来ない夜行列車はない

いかに重苦しかろうとも
この空気を吸うしかない
そこには過去もなければ
未来もない
ただ「今」があるだけ

あの「すぅメタル」の歌声が
無常の風が吹きぬけて
非情の闇に満たされた
この胸に突き刺さる
「絶望さえも光になる」……

灯りを消さないで

ひとり旅を終えて帰って来たウィーンは、相変らず闇の世界だった。

だがその闇の奥深くに、帰る港がある、家庭があるということへの感謝の灯りが小さく、小さくともったと感じた。そしてその灯りを、吹き消すも燃え上がらせるも、自分の心ひとつだということを……


それにしても、市営住宅に移り、直接的脅威がなくなって五年も経つのに、一向に変わらない「闇」はどうしてなのだろうか。

——禍も「三年」経てば用に立つ、と云うのに……

逃亡者

自分が存在しているその場に、素直に溶け込めないこの「場違い」感とは何なのか。

産声も上げずに生まれた直後、棺桶として用意されたみかん箱に入らず、生き延びたときからこの世に「場違い」を感じていたのだろうか。

モンダイもなく素通りした小・中・高時代は「生き抜いた」という実感がない……アッタリマエ！　たくましくもないくせに、海の荒くれ男を気取っていただけの学生時代。そして、大企業の技術者！　「場違い」感は頂点に達した。

逃げ出してさまよったあげく、およそ不似合いなローマの店員期を経て、辿り着いたウィーンは暗くて寒い長い冬、潮の香りすらしないクラッシック音楽の都！　考えなくても「場違い」だと分かりそうなものを……

その上この地で、まさか結婚して家庭をつくるなど、とんでもないハプニング。子供ができて「パパ」と呼ばれ、孫ができて「オジイチャン」と呼ばれ、どうして素直に喜ぶことができないのか……　この違和感は義弟の脅迫に遭うずーっと以前から……　つまり、この「場違い」感が生み出すものなのか……　生涯「根無し草のさすらい人」を続けるべきだったのか……


だが心は、逃亡を夢見ることなく「座ったままの旅」に出た。

子供の頃、デーヴィッド・ジャンセン主演の『逃亡者』を夢中になって観た。試験の前日でも欠かさず観た。「リチャード・キンブルは逃亡者なのだ」というナレーションは、今でも耳に残っている。

キンブルの逃亡は無実の罪を晴らすため「犯人を見つける」という目的があり、逃亡を助ける「心ある医師」というスキルがある。

ローマのスペイン階段以降、フラメンコギターは生き延びるためのスキルとなった。もしそれが目的だったとしたら、真っ直ぐスペインに飛んでいたはず。

「場違い」感から逃れるため、ギターを抱えて辿り着いた「ノラクラ生活」から「絶望への旅」は脅迫の刃を突きつけられ、「座ったままの旅」はいつしかギターの練習ならぬ「指の矯正」を目的とした逃げ場のない「逃亡生活」となった。

状況が劇的に好転しても、その「逃亡生活」の終わりは一向に見えてこない。ひょっとしたら私の心は「逃亡者でありたい」と願っているのか。一体どんな悪いことをしたというのか。「何もしない」ということも有罪判決をくらうことなのか。

電話の向こうから聞こえるヤツの叫び、「非社会的愚か者め！」……

ヤツの心を、孤独という地獄に突き落とすのに「何もしない」ということで加担したのは確かだ。

この世での、この地での、家庭での、「場違い」感を怖れているかのような「逃亡生活」をする「非社会的愚か者」に自由などあるはずがない。

自由を求めて社会を離れ、「あてなき旅」に出て以来「灼熱地獄の旅」のような期間限定の、夢を見ているだけのような自由はいくつかあるが、真に自由を感じていたとは思えない。あえて「自由を感じた」と言えば、ギターを弾きながら物を売り、ギターを弾いて路上で稼いだり、レッスンを施していたときくらい。かなりこじつけっぽいが、(社会的)経済活動! ……とは言えないか…… どーれもポリスの目を気にしたオシゴトばかり……

私の「場違い」感は、「求めているものはこれではない」という否定的観念が生み出す錯覚ではないのだろうか。

時を越えて

八月半ば、妻と二人だけで、それぞれの誕生日を祝うため二泊三日の休暇、ブルゲンランド州にある温泉プールへと出かけた。緩やかな丘、緑の森が陽の光を浴びて和やかに広がっている。なんらあせりも、煩わしさも感じないで出かけるのは初めてのような気がした。これって、ニッポン「ひとり旅」の効果……かも……

至れり尽くせりのホテルの朝食。赤、青、黄、緑、黄緑……　それぞれの色の日よけが強烈な朝日を浴びて鮮やかに輝く。時を越えてすべてを優しく押し包むその光の中に、ふと、幼い頃の子供たちがゾロゾロと現れるような気がした。毎年の夏の休暇、遥か彼方に消え失せた幸せなはずのひと時。一緒に出かけなくなったズーーッと以前から、この幸せを素直に受け入れず、享受していなかったのでは……と思えてきた。

七十歳の誕生日を妻と二人きり、温泉プールで迎え、ゾロゾロ現れる子供たちの幻覚を見てようやく「幸せは目の前にある」、ただ手を伸ばし、受け入れ、享受すればいいのでは……と思えてきた。

夢は寝て見るものではない……　起きて見るものだ。

帰宅してからも妻との衝突は相変らずだが、これまた日常生活の余興と思えるようになった。

(ちょっとオーバー……　だが少なくとも、たまらなく憂鬱な気分にはならなくなった)

「いつか、きっと……」という風前の灯のような思い、命尽きる前に「夜明け」が来るとは思えなくなっても、生き続けて来れたのは……家族がいたから……

日記

ここまで書いてきて、ふと、封印されていたような引き出しに手をかけ、開けてみた。書いた覚えすらない何冊かの日記があった。

横浜出港時、ロンドンから始まった車の旅、ローマの借金時代のほとんどをレポート用紙に、そして分厚いノート二冊にローマの終わりからウィーンは一九七五年三月末まで、細かい金銭収支と共にほとんど毎日、小さい字でびっしりと記録されている。左のページは収支の明細、右のページは日記だが、四月から急にボールペンが鉛筆になり、文字は大きく（でたらめの）ドイツ語で、日付がなく、ページいっぱいに乱雑にかきなぐられ、更にその上にいろんな色で落書きがされ、読みづらくなっている。

ちょっと「オカシクナッテキターーッ」と思わせる。五月半ばから日記のページは落書きだけとなり、七月に入り、「夏の訪れと共に一人の男が漂々と風に揺られて現れた。ふと、細々と収支を記録するのが嫌になった。グロッシェンを気にして買い物をするのが嫌になった」と記して出納帳兼日記は終わっている。その後は、一九七八年の小さな手帳のカレンダーに散発的に記されているものだけ。

これだけの長きにわたり書き続けたのに……　一体いつ書いたのか分からない……　ボール

ペンを握って書いている姿を全く思い浮かべることができない……

妻は数日帰って来ない。過去を振り返っても何の意味もない……と思いつつパラパラとめくり、読み始めてしまい……　止められなくなった。

新潟で、日光で語った「痛快丸かじり」の旅……　せいぜい「砂だんご半かじり」ッてとこだ。砂漠での、ローマでの今にもぶっ倒れそうな日々、様々な葛藤、苛立ち、苦悩は「終わり良ければすべて良し」で忘れてしまうものなのか。概して短絡的に、その間の様々なトラブルのみならず、楽しく食べ、遊びまわったことさえほとんど欠如し、「痛快な結果」だけが記憶に残っている。それも、時や場所の混同……　記憶違いまでも……

徐々に転落してゆく「その後の旅」は、「底なしの闇」に迷い込み、今なお彷徨い続け……「痛快な結果」に至ることはあり得ない……　ということは……　「終わり良ければ……」というより、「始め悪ければすべて悪し！」だ。「後悔先に立つ」に気づくべき……

入棺拒否で始まった人生、コンピューターの誤判断で始まったサラリーマン生活、バレリーナの転落事故で始まった放浪の旅、夏に向かって出発したサハラへの旅、無一文で余儀なくされた「ローマの休日」、「ゆうれい」のようになって辿り着いたウィーン、そして、転落寸前まで揺さぶられた綱渡りの家庭生活は、親とケンカして家出をした若い娘が発端だ……

――ン、イエデ？　オレのしたことも大して違わないか……　家出どころか「クニ出」だッ！

あの最初にスペインへ行ったとき、何故ドン・キホーテの像と我が身が重なったように思えたのか。生まれてすぐ死ぬはずだった私が、人を生き延びさせる医療技術が今日ほど驚異的でなかった時代に生き延びた。

巨大な風車に戦いを挑むためなのか。虚構と戦うためなのか。いわゆる「現実」なるものは虚構なのか。ならば虚構でない現実とは何なのか、一体どこにあるのか。

――ドン・キホーテ！

分からない……　結局何も分からない。どうしてこうもメンドクサーイ思索に陥るのか……それも分からない。

死ぬ気がなければ生きるしかない。目の前の現実、いや、虚構を、虚構である現実を、いや、現実である虚構を……

日記と共に、出会った人々の住所録があった。信じられないくらい多くの人々。いつ、どこで、どのようにして出会ったのか、ほとんどの人は、その顔すら思い出せない。燃えては消える恋する瞳すら、ほとんど何も思い出せない。小学生の子供から年配の方々に至る、数多くのギターの生徒も同様だ。

日記から読み取れるのは、これほど多くの人々と出会い、これほど多くの喜びと悲しみを味わえたのもひとえにギターがあったからだと。

借金だらけで、どこから見ても格好いいとはいえない小柄な東洋人が、スペイン階段でただ物を売るためだけにボケーと座っていたら、避けて通られても当然。ましてや女子高生に囲まれ、恋する乙女までが現れるなんぞ夢物語。年配のギタリストに声をかけられ、助言され、議論するなんてあり得ない。

ウィーンに落ち着いてからはなおさらだ。細々とはいえギターで生活を維持してきた。大きなパーティー（演奏料まで貰って！）、ステューデントクラブ、ホームパーティーなど、友達は決まって「ギターを持って来い」と言う。そしてまた点滅する恋心……　これらすべて、ほとんど何も思い出せない。

そもそも、至るところへ引っ張り出されたこと自体摩訶不思議。そのギターすら、当時何をどのように弾いていたのか全く思い出せない。

「歌を忘れたカナリア」は、歌わなくても可愛さがあるというのに！

時には風邪をひいて寝込み、栄養失調におびえ、ギシギシ痛む指におののき……

「へーー、そんなこともあったのか」と、まるで他人の日記。

そして最も心痛むのは、これら多くの人々の助けがあったからこそ、ここまで生き延びてこられたということまで忘れてしまい、遠のくままに遠のき、今、誰一人としてコンタクトすらないということだ。ローマの、終着駅前のドロボー氏を筆頭に、スペイン階段の酔っ払い、アントニオ、きくこさんまでも……

八月二十四日、一九七四年十二月三十一日の日記を読んだ。ふくらんだりしぼんだりを繰り返した恋心、このおおみそか、彼女は消えかかっていた炎を一気に燃え上がらせておいて、あと数秒で新年を迎えるというときに水をぶっかけた。何が起こったのかは書いてないから思い出せない。そしてその日の最後に、どこかの本からの引用らしき言葉が書かれている。

「汝迷うなかれ、己の道はすでに決められた。すべての幸福を犠牲にして、ひたすら芸の道を歩むべし。甘言を持ちて近よる諸々の悪魔に耳をかす要をなさず。汝はすでに魔のとりことなりしはず、何故に迷う事ありや」

先を読み続ける気は失せて日記を閉じた。

「幸せは目前にある。手を伸ばしてつかめ！」とは悪魔の甘言なのか……「芸の道を歩むべし」といっても、「魔のとりこ」となったようにしていることは未だ初心者以前の「指の矯正」だ。

久し振りにまた重苦しい気分に包まれ、「何故今、四十年も前の書いた覚えすらない日記なんか読み始めてしまったんだろう」と、ため息をつきつつ時計に目をやる。

――十二時半か、昼飯でも食おうか……と立ち上がった。

自然の啓示

うつむき加減で食べているとき、陽が差しているのにパラパラッと木の葉を打つ雨の音がした。窓を通して外を見る。見たが降る雨は見えない。視線を上に移して驚いた。虹が架かっている。

――雨が降ったことは確かだな……

そしてその虹が、いつものとは違い逆さまなことに気がついた。太陽を中心に描く大きな円の下の部分！

――夢の架け橋が逆さまでは、渡れないではないか！

さらに不思議なことに、虹の左側に重なり、交差した二本の飛行機雲が大きな×印を描いている。

「今すぐ外を見ろ！」と言わんばかりの雨音、「逆さ虹」に×印。

重い気分を忘れて考え込んだ。

――一体何を言いたいんだ！

日が沈むころ、ようやく「今宵、安らかな眠りに就けるよう」都合よく解釈をし、結論とした。

希望をひっくり返して見るのは止めなさい！

九月になったある青空の広がる暖かい日、ベランダで本書を書き続けていた。

家に居ながら一ヶ月以上も「平気で」ギターに触ることもなく書き続けている。時折浮かぶ、いつもの「メンドクサーーッ」という怠惰さ、「一体何のために書き続けているのか」という疑問。

「バーカ」の一言で片付けられる人生を、世にさらけ出す必要があるのか。

書く手を止めて空を見た。

目の前の木々、その後の建物の背後に、大きな半円形の雲のかたまりが顔を出している。その輪郭は無数の大小さまざまな半円でかたちどられ、そのひとつひとつの縁が、背後の日の光を浴びて輝いている。

それも虹の色で！　無数の大小さまざまな虹が同時に輝いている。

――何ということだ、これは！

雨が降らなくても虹が出る？　雲は水滴が浮かんでいるもの、不可能ではない。だが、こんなのを見るのは生まれて初めてだ。大きなのが一個ではなく、無数にだ！

感嘆とも、ため息ともおぼつかない気分で眺めているうちに、その小さな虹たちが口々につぶやき始める。

「書きなさい　書きなさい　書きなさい　……」

――オレの人生のバカさ加減、何の意義があるというのだ！　……無知無謀なだけのちっぽけな人生、異議もあれば異義、偽義もある……

ソッカ、人生に意義を見出そうとすること自体が「バーカ」なのか。

過ぎ去った過去に「意義づけ」なんて「愚の骨頂」……

と思いながらも、天の加勢を得て再び筆が走る。

書きたい……　書き残したい！

救いの手を伸ばしてくれた多くの人々に伝えたい。

おかげで生き延びた、この心の軌跡を伝えたい……　いつか、きっと……

あてなき人生七十年

「灯台もと暗し」

必死に過去を、未来を照らし、見すえても何も見えない。ロウソクの灯りがボンヤリと照らす足元に、「今」をポジティーブに生きるだけのかすかな幸せを見出し、息苦しさから解放された……


──「今」をポジティーブに生きるだァ〜〜ッ！　ひょっとして、これではかつての「あてなき旅」、行き当たりバッタリの「ノラクラ生活」と違わないではないか……

「すごろく」ゲームの「ふりだしに戻る」だ！

ギリシャ神話の「シーシュポス」だ！　一体何が神々の気に障ったというのか……

………………

考えられるのはただひとつ……　この物質社会にあって、「太陽と星空さえあったら何もいらない」などとたわけたことをぬかし、何もせず、何もできずとじこもる「非社会的愚か者」……

生物は生存のため本能的に日々戦う。人類は火を、言葉を、文字を、そして印刷技術を手にしたときから自然の法則を逸脱し、独自の戦いを始めた。

輝かしい「文明の利器」とは何ぞや。電気製品、電子機器、いわゆる「平和利用」と喧伝されつつ推進された原発、「宇宙開発」がもたらした脅威的なコミュニケーションのネットワーク。これらすべて、分断された人類相互の脅し合い、奪い合い、殺し合いのための武器開発から派生した産物だ。それらはまた、「我が亡き後に洪水よ来たれ」とばかり、自然を破壊してまでの利潤追求に利用される武器となった。

蹂躙され続けてきた自然は今や、人類に対し逆襲を開始し、人類はといえば、相変らず脅し合い、奪い合い、殺し合いに血眼になっている。その上、何千年もかけて築き上げた堅固（？）な楼閣すら自ら突き崩し始め、輝かしい「文明社会」は、その産みの親である人間（性）すら不要なものとして締め出しつつある。

人類の歴史は、今やっと「戦国時代」に突入したばかり……　人の一生に喩えれば「反抗期」。だが、成人するまで生き延びることができるのか……

正に「この時代」に、戦意を持ち合わせず生きる私、戦意むき出しの妻……　衝突するのは当然の成りゆき。

だが、崩壊しないということは……　結構バランスがとれている……のカナ？

――ナントマア、大仰に！　ひょっとして、コレ、自分の怠惰、怠慢さ、「メンドクサー」さの自己弁護？

こうして私はふたたび、「すごろく」のサイコロを投げ始める。

小さな岩石を山頂に向けて押し上げ始める。

あてなき人生七十年
下天のうちをくらぶれば
夢まぼろしの如くなり
苦悩の末に辿り着いた
そこは再び迷路の入り口

ラーメン屋のレシート
「バーカ」のひと言
バカでは「地上の学習」もままならぬ
バカは死ななきゃ直らない
死ぬ気の起こらない
バカはどうしたらいいのか
目の前の迷路は……忘れろ！
入らなければいいだけ
人生とは？　いかに生きてきたか？
なんてことは考えるな
何も分からないということが
充分分かったはず

……………………
しかし、知らぬ間に
再び迷路に入り込む

どうしても確かに分かりたい
何も分からないということを

分からないということを
受け入れる心が欲しい

その心さえあれば
絶望さえも光になる

たすけてくれーッ、という心の叫びは
この思索の迷路からの解放を求めているのか

出口か入り口か分からないラビリンス
つかんだと思えどもすぐ消えてしまうファタモルガーナ

同じさまようなら
行きたい、サハラ砂漠へ

吹き荒れる砂塵の中を
ポッカリと抜けた時空の世界へ

灼熱と静寂の美の中を
幻想の世界へ

……………………

だが、これではダメだ！
これではまた逃亡者だ！

とじこもらずに、人混みの中へ……
いつか、きっと

あとがき

精神の崩壊が、肉体ごとぶっ倒れる寸前まで追い込まれた。それでもなお、「生の放棄」を考えてもみなかったのは何故なのか。閉じ込められた狭い空間で、息も絶え絶えになりながら「それ」を思いつかなかったのは、埒の明かない「指の矯正」があったからなのか。だとすれば、その狭い空間は「閉じ込められた」のではなく、最後の最後まで、生き延びるために自らの意志で「閉じこもった」ことになる。情熱の花がいつか返り咲くことを夢見、不可能と知りつつ「まぼろし」を追い求め……

理解しがたい「生きる」ということに、何らかの解答を得るための「絶望への旅」は、ただただ蜃気楼に惑わされるだけ。「生」を翻弄する「得体の知れない力」……　その正体を見極めようと本書を綴ったが、「何も分からない」ということが分かるだけ。

生き（息）苦しさから逃れようと必死に思索を巡らし、記録しながらふと気がついた。他のすべてを犠牲にしてまで何十年もこだわり続けたこの「ギター」に、家に居ながら何週間も、「平気で」さわりもしないでいる。ギターはやはり、避け難い苦悩を耐え、生き延びるための方便だったのか。この思索の迷路を彷徨うことが……ひょっとして……

しかし、出口のない迷路を彷徨うことが目的では……カナワン！

この迷路から真に脱出できるのは……　「死」あるのみ。

足元の微かな灯りを消さなければ、迷路の出口と入り口が結びつく。私は再び迷路に踏み込むことができる。死ぬ気のない「バーカ」は迷路に翻弄されることなく、愉しめばいい。糸の切れた凧が舞い上がり、落下を始めた以前のように……

だが、愉しもうと再び入り込んだ迷路……　あまり愉しめない結論に行き着いた――求め続けた「自由」は根本的に的外れだった――ということに……

いかなる人間も社会から全く乖離することはできない。「ドロップアウト」してみたところで、その「自由」は錯覚であり、寝てみる夢であり、いずれ社会の網の目に囚われる。真の「自由」は人間である限り、社会に根をはり、自信を持って社会活動に従事して初めて感じられるものに違いない。

日光の小さな研究所に配属され、何の不満もない、自分にとって最適と思われる環境で仕事をしながら、何故辞めたのか。

毎朝出勤するなり、まず自分の名札をひっくり返す。格付け順に並んでいるその名札の、私の上の方にはホンのちょっと、下の方には自分の兄や父のような歳の、この研究所で何年も、何十年も経験を積んだ人たちが並んでいる。同期入社の高専卒の、私よりも若年の若者も彼らの上だ。この名札の列を見る度に、不正なことをしているような嫌な気分になった。興味もたいしてなく、勉強を一生懸命した覚えもなく、コンピューターの「独創的判断」で採用され、ただ大卒というだけで……　今、ようやく気がついた……　名札の列を不正に感ずる心は、それを正当なものとして受け入れられない自分の「自信のなさ」の裏返しだったことに……

技術者としての、音楽学生としての、夫としての、父親としての、祖父としての（どれもこれも……　違和感のオンパレード！）……　あらゆる局面での「場違い」感は、この「自信のなさ」が基調にあったからに違いない。そして、その「自信のなさ」が生んだ「場違い」感は、愛し愛されることをぎこちないものにしてきた。

私の無計画、無目的な脱サラは、その場で生き続ける「自信のなさ」がもたらしたものだろう。何かに駆り立てられた、ナンテ格好イイものではない。最初から逃亡者だった。

しかし、今さら「自信をつけて」社会（どんな？）復帰……　どうやら「この世の学習」は……来世への宿題！

再び生まれるとき、すっかり忘れてしまったら……　歴史は繰り返される……か。

妻側の親戚とは一人も会ったことがない。遺産相続の争いで、義母は親族と喧嘩別れをしたという。背後に引きずる己の歴史からすらも義母は何も学ばなかった。私の父は、大きな家も田畑も親戚にタダでくれてやり、子供のために村から町に引っ越した。私は父の「そうできる余裕」を学ばず、「物欲のなさ」だけを受け継ぎ、綱渡りの生活を気にもせず生きてきて、崩壊寸前まで追い詰められた。

単に知識として歴史を学んでも救われることはない。意識も、感知することもできない心の奥から発せられた「たすけてくれーッ！」の叫び声は、遺伝子に組み込まれた遙か昔の声なのか。歴史の巷を生き抜いた人々の、先祖代々の、心の歴史を紐解かなくては永遠に歴史は繰り返される。今や人類は「失いつつある心を求めて」タイムトラベルに出るとき……

――ウワーーッ！　また何かの入り口に立ったような気がする。

「ネバー　エンディング　ストーリー」……

ピリオドの代わりに循環小数を表す点を打って終わりとしたい。

二〇一七年十一月　ウィーンにて

義

「夜明け」は新年とともに

もうこれ以上思索を巡らせることはできない――という気持ちが打たせた点は何故ピリオドではなかったのか。思索は打った点のとおり循環を始めた。何故かスッキリしない、憂鬱さの消えない「あとがき」に途方も無い違和感を抱きながら……

衝撃的な出来事が記憶に刻まれてトラウマとなり、精神的障害が生じるという。気分爽快に感じていた時を身内から「うつ病」と指摘され、「ひとり旅」の最高潮に「泣きすがりつきたい気持ち」が湧き起こり、「たすけてくれーッ！」と叫んだ心、長期間に及ぶ閉じこもりがちの日々。家族を守るために何ひとつできなかったという無力感。意識も認知も出来ないトラウマに因るものなのか。義弟の脅迫に晒されて幼かった末娘は不安をひき起こすトラウマに、妻の「怒りのパターン」にしても、反面教師だなんだのと物理現象の作用・反作用的に捉えていたが、かなり深刻なトラウマに因るものではなかろうか。

書き上げた（と思った）からには本にでも……　だが、立ちはだかる幾多の現実的難関……

それにしてもこの、トラウマが書かせたような「あとがき」……　などをあれこれ考えながらのパワーウォーキング中……

十一月二十五日、あり得ない光景を目の当たりにした。オレンジ色の明るい光の中を、垂直に立った一枚の枯葉が地面に接する両端をチョコチョコと細かく動かして走った。私を追い越し、数メートル先でピタッと止まり、直立したまま私が通り過ぎるのを待っている。右下に突っ立っている枯葉を、不思議でどうしようもなかったが何故か手に取って調べる事もなく通り過ぎた。何メートルか行ったところでやはり気になり振り返って見た……が、何もなかった。風もなく、どこにも飛んでいくはずもないのに……パタリと倒れた枯葉もなかった。ン、公園の照明は白色、それに枯葉が走った場所は木の影で薄暗い……　あのオレンジ色の明かりは一体……

出版に向けて走れ、何かに突き当たっても倒れることはない！　いや、ストップして考えろ！　いやいや、思索の迷路をもう少し走ったら「真の出口」に達する、ということかな。

不思議議現象が伝えようとしているメッセージ、受け手の心でいかようにも解釈できる。

絶妙のタイミングで目にした「逆さ虹」に×印、間違った希望を抱くことはやめなさい、と伝えたかったのかもしれない。無数に、同時に輝いていた虹たちのつぶやきも、「メンドクサー」という気持ちが「書きたい」という気持ちよりも勝っていたなら「(そんなバカバカしいことを書き続けるのは) やめなさい、やめなさい……」と聞こえていたかもしれない。

幻覚だ！　と一蹴して（解釈して）忘れることもできる「走る枯葉」は、何をどう見ようとそのときの心が求める解釈があるだけだ、と教えてくれたのかもしれない。

義弟の発した「非社会的愚か者！」という罵り。「その通り！　オレの理想とするものだ！」と笑い飛ばすことも出来たはず……　寂しさに耐えかねた彼の「仲良くしてくれーー！」と泣き叫ぶ声にも聞こえる。だが、私の心はその罵りを字面《じづら》どおり愚直に受けとめ（る状態にあり）、呪縛された心で自分の過去の粗探しをし、愉しんでいたはずの「トーヘンボク」も「ノラクラ生活」も、はたまた幼い子らを引き連れての休暇旅行までも、幸せを素直に受け入れていなかったなどと悔い悩み、さらに義弟と同じ論法で周囲を、社会をこきおろし……　人間嫌いにまで陥った。ナントすべてを真っ黒に塗りつぶしてきたことか……

「過去に意義付け」なんて「愚の骨頂」と気づきながらも、来世に下駄を預けた、懺悔のような、疑問も抱かず書いた（ところに恐ろしさを感じる）「あとがき」は、彷徨いまくった思索の迷路ごと抹消したい……が、投げつけられたたった一言の威力がいかに鋭いものかを伝えるために、そのままにしておこうと思う。

十二月三十一日、二〇一七年最後の日は日曜日。いつものように水泳に出かけた……が、途中気変わりし、木々を見ながら散歩をしたくなった。散歩中ふとヤッケのポケットに携帯があるのに気がついた。いつもは家に置いて来るのに……　どっちも初めてのことだ。

末娘をどこかに連れて行き、誰もいない家にひとり帰るのは寂しいかな、と（初めて）思い、いつ頃帰るか妻に電話をした。話の最中、大きな広告板の大きな文字が目に飛び込んできた。

「オール　ユー　ニード　イズ　ラブ」

ビートルズの一曲名だ。このタイトルの一節くらいは口ずさめるが、他の部分の歌詞は読んだことも、歌ったこともない。

木々に誘われて、水泳を止めてまでしている散歩中……　今私が必要としているメッセージに思われて、繰り返しつぶやきながら散歩を続けた。

――お前が必要なもののすべては愛だ……　必要なものは愛のみだ……　必要な愛とは、愛されることなのか、愛することなのか……　ジョン・レノンはどう思って書き、歌ったのか……

そうだ！「走った枯葉」が言っている。自分の心が求めているものに添って解釈をしたらいいのだ。自己嫌悪に陥っている心に……「自分を愛せ！　自分に愛される心で家族を、己の過去を、他のすべてを見よ！　自分を愛せ！　自分を愛せ！　……」

何故かすべてが愛らしく見えてきて、明るい気分で妻より一足先に家に帰った。

通りですれ違う、その人の人生を私が辿ることが出来ないように、私の人生もまた誰も辿ることはできない。ただそこにあるだけの己の過去も、振り返るときの心の状態でいかようにも解釈できる。何という長きにわたって……闇に閉ざされた心……

病んだ心で、屁理屈をこねくりまわしたような思索の迷路、その帰結である「あとがき」は己の虚像と闘っているような、正にドン・キホーテの奮闘記。現実だろうが虚構だろうがドーデモイイことだ。あるのは自分しか辿れなかった「スゴーイ」人生だ。

何でも論理的に考える（と思っている）私が突然「あてなき旅」に出た。およそ非論理的な行動にでるスゴサ！

チョロチョロ燃え上がる情熱の炎に誘われるがまま、無知無謀の御旗をバタつかせて突っ走るスゴサ！

借金だらけのどん底から、したたかに這い上がるスゴサ！

無知無謀に無恥までが加わって切り込んだウィーン国立音大。これを「スゴーイ」と言われてナンゾ否定する必要があろうか。ワルカー教授もこの無恥のスゴサに判断を誤ったのかもしれない。

さまよう心のまま結婚し、家庭をつくるなんて超無責任のスゴサ！

その後の地獄編も、よくぞここまで生き延びた。「スゴーイ」と言ってもいい……カナ？

大晦日は市街のあちらこちらにある仮設舞台での爆音コンサートを散策し、新年は家に帰り妻とふたりだけで迎えた。シャンペンを飲みながら、宮殿内のホールでワルツを踊るバレエを観賞していた。いわゆる上流社会の、時の権力の傲慢さを感じさせる宮殿内、こういう類の映像はこれまであまり観る気がしなかったが……

妻に電話があり、別の部屋に行った。私はひとり、不思議と映像に観入った。

新年と共に流れて来た清らかな小川の水が、心にこびりついた何か不要なものをサラサラと洗い流し、すがすがしくなった気持ちで観続けた。キラキラ輝くインテリアに職人の魂を感じ、美を追求するダンサーの躍動に吸い込まれていった。

一月六日、妻の友達が私と同年代の母親を連れて遊びに来た。妻の作ったおせち料理（！）を堪能後、オシャベリの合い間、放浪期から音大初期の私のアルバムを見せた。黒く写った丸いガラスのサングラスをかけたモノクロ写真。友達の老母は一瞥するや即座に「ジョン・レノンだ！」と言った。ビートルズどころか、音楽の話すらしていたわけでもないのに……

心の中で跳び上がるほど驚いた。ジョン・レノンのメッセージを胸に秘め、年を越した矢先……　このメッセージこそ究極の解放をもたらすものだ——自己を、他のすべてを愛せる心を堅持しつつ、今度こそ「後戻り現象」は起きない——と確信し……ピリオドを打つ。

かくも過酷な「地上の学習」を与えてくれた運命に、心から感謝をこめて……

オール　ユー　ニード　イズ　ラブ　！

二〇一八年一月　ウィーンにて

義

はて、
ピリオドを打ったが……
　何も終わった気がしない
夜明けが来たが……
　列車は一向に停まらない
闇から解放されたが……
　思索の迷路は永遠に続く
いったい、どこまで……

義（本名：加藤義尚《よしひさ》）

1947年生まれ。新潟大学（ヨット部）卒業。サラリーマンを若干気楽に堪能後、天国あり、地獄ありの夢の世界へと旅立つ。

いつか、きっと

2019年3月22日　初版第1刷発行

著　者　　義
発行者　中田典昭
発行所　東京図書出版
発売元　株式会社 リフレ出版
〒113-0021　東京都文京区本駒込 3-10-4
電話（03）3823-9171　FAX 0120-41-8080
印　刷　株式会社 ブレイン

ISBN978-4-86641-218-4 C0023
Printed in Japan 2019

ご意見、ご感想をお寄せ下さい。

［宛先］〒113-0021　東京都文京区本駒込 3-10-4
東京図書出版